El signo de los cuatro

T0021191

Biblioteca Sherlock Holmes

Arthur Conan Doyle
El signo de los cuatro

Traducción de Sara Morales Loren

 Planeta

Obra editada en colaboración con Editorial Planeta – España

Título original: *The Sign of the Four*

Arthur Conan Doyle

© Traducción: Sara Morales Loren
Traducción cedida por EDIMAT LIBROS S.A.

© 2022, Editorial Planeta, S. A. – Barcelona, España

Derechos reservados

© 2022, Editorial Planeta Mexicana, S.A. de C.V.
Bajo el sello editorial BOOKET M.R.
Avenida Presidente Masarik núm. 111,
Piso 2, Polanco V Sección, Miguel Hidalgo
C.P. 11560, Ciudad de México
www.planetadelibros.com.mx

Diseño de la colección: Booket / Área Editorial Grupo Planeta
Ilustración de portada: © Birgit Palma

Primera edición impresa en España en Booket: marzo de 2022
ISBN: 978-84-08-25510-9

Primera edición impresa en México en Booket: junio de 2022
ISBN: 978-607-07-8794-2

Impreso en los talleres de Impresora Tauro, S.A. de C.V.
Av. Año de Juárez 343, Colonia Granjas San Antonio, Iztapalapa,
C.P. 09070, Ciudad de México.
Impreso en México – *Printed in Mexico*

Biografía

Arthur Conan Doyle (1859-1930) nació en Escocia
y es conocido principalmente por haber creado al
famosísimo personaje Sherlock Holmes, el detective más
ilustre de todos los tiempos, versionado para televisión y
cine de forma continua. Tras cortos periodos como
cirujano, médico e incluso oftalmólogo, se centró de lleno
en la escritura de las aventuras detectivescas que le
otorgaron el reconocimiento como escritor. Autor de obras
tan célebres como *Estudio en escarlata*, *El signo de los
cuatro*, *Las aventuras de Sherlock Holmes* o *El sabueso
de los Baskerville*, Doyle confeccionó otra gran serie de
novelas de ciencia ficción y aventuras protagonizadas
por el profesor Challenger, también trasladadas a la ficción
audiovisual.

1

La deducción como ciencia

Sherlock Holmes cogió de la esquina de la repisa de la chimenea la ampolla y extrajo de su fino estuche de tafilete la jeringuilla hipodérmica. Sus largos e inquietos dedos blancos ajustaron con delicadeza la aguja y remangaron la manga izquierda de su camisa. Durante un instante sus ojos contemplaron el fibroso antebrazo y la muñeca, marcados con las señales de innumerables pinchazos. Por fin, dirigió la aguja a su destino, empujó el diminuto émbolo y, exhalando un suspiro de satisfacción, se hundió en el sillón tapizado de terciopelo.

Llevaba muchos meses contemplando esta escena tres veces al día, pero la costumbre no había hecho que mi mente se habituase a ella. Más bien al contrario, su visión me irritaba más cada día y mi conciencia me reprochaba todas las noches la cobardía que me impedía oponerme a ella. Una y mil veces me había jurado a mí mismo protestar contra esta costumbre de Holmes, pero algo en el seguro y despreocupado talante de mi compañero me lo impedía. Era de la clase de personas con las que es difícil tomarse según qué confianzas. Su gran inteligencia y maestría y sus demás sorprendentes cualidades, de las cuales había tenido conocimiento a lo largo de nuestras aventuras juntos, lastraban mi confianza en mí mismo y me acobardaban de tal manera que no era capaz de enfrentarme a él.

Y sin embargo, durante aquella sobremesa, tal vez debido al Beaune que había tomado en la comida o a la exasperación producida por su descarada forma de actuar, sentí de repente que ya no podía soportarlo más:

—¿Qué toca hoy? —pregunté—. ¿Morfina o cocaína?

Levantó la vista con languidez del viejo volumen de letras góticas que había abierto.

—Es cocaína —respondió—, una solución al siete por ciento. ¿Le gustaría probarla?

—Desde luego que no —respondí bruscamente—. Todavía no me he recuperado de la campaña afgana. No puedo permitirme el lujo de cometer excesos.

Mi vehemencia le hizo sonreír.

—Puede que tenga razón, Watson. Seguramente su efecto en el organismo no es bueno. Por otra parte, su efecto en la mente me parece tan profundamente estimulante y clarificador, que cualquier posible efecto secundario me resulta irrelevante.

—¡Piense! —dije con vehemencia—. Tenga en cuenta el precio. Es posible que, como usted dice, su cerebro se exalte y se excite. Pero es gracias a un proceso mórbido y patológico que causa un progresivo deterioro de los tejidos cerebrales y puede llegar a dañarlos de manera permanente. Usted conoce bien el túnel negro que sigue a la exaltación. No creo que la pieza a cobrar merezca el riesgo que usted corre. ¿Por qué, por un momento de placer pasajero, se arriesga a perder la inteligencia que le ha sido concedida? Recuerde que no hablo solo como amigo suyo que soy, sino también como médico que se siente hasta cierto punto responsable de lo que le suceda.

Mis palabras no parecieron ofenderle. Al contrario. Juntó las yemas de los dedos y dejó reposar los codos sobre los brazos del sofá, con el aspecto de alguien deseoso de entablar conversación.

—Mi mente se rebela ante la idea de estancarse —dijo—. Deme problemas, deme trabajo, deme el más oscuro criptograma o el más enrevesado acertijo y me encontraré en mi elemento sin necesidad de recurrir a estimulantes artificiales. Pero detesto la rutina de la mera existencia. Necesito ejercitar mi mente. Por este motivo elegí mi profesión. O mejor dicho, la creé, ya que soy su único representante en todo el mundo.

—¿El único detective privado? —dije arqueando las cejas.

—El único detective privado a quien recurrir cuando todo está perdido. Soy como el más alto tribunal de apelación en el campo detectivesco. Cada vez que Gregson, Lestrade o Athelney Jones quedan sobrepasados por lo que se traen entre manos (que, dicho sea de paso, es lo habitual), el asunto llega hasta mí. Examino los datos y, como especialista, doy mi diagnóstico. No reclamo ningún honor para mí en dichas ocasiones. Mi nombre no aparece en ningún periódico. El trabajo en sí, el simple placer de ejercitar mi capacidad, es mi más alta recompensa. Pero usted ya fue testigo de mi método de trabajo en el caso de Jefferson Hope.

—Naturalmente —asentí cordialmente—. Nada en

mi vida me ha sorprendido tanto. Incluso describí los acontecimientos en un breve relato al que di el fantasioso título de *Estudio en escarlata*.

Holmes agitó con desánimo su cabeza.

—Le eché un vistazo —respondió—. Con franqueza, no puedo felicitarle por ello. La deducción es, o debería ser, una ciencia exacta. Y de tal modo debe ser tratada: con objetividad y distanciamiento. Usted intentó teñirla con toques de romanticismo. Y eso es lo mismo que pretender entretejer una historia de amor o el relato de la fuga de dos amantes con el quinto postulado de Euclides.

—Pero el romance sucedió —protesté—. No podía modificar los hechos.

—Algunos hechos deberían suprimirse. O, por lo menos, recibir un tratamiento acorde con su relevancia. Lo único que merecía la pena destacar de aquel caso era el curioso método de deducción, de los efectos a las causas, gracias al que conseguí desenmarañarlo.

Me molestó su crítica hacia un trabajo mío que había sido compuesto con el objetivo de halagarle. Y confieso que también me irritó el egoísmo que demostró al pretender que todas y cada una de las líneas de mi escrito estuviesen dedicadas a sus habilidades. A lo largo de los años que llevaba viviendo con él en Baker Street, ya había observado en alguna ocasión que bajo sus tranquilos modales de preceptor, escondía una pequeña vanidad. Sin embargo, no hice más comentarios y me senté masajeando mi pierna herida. Una bala de jezail[1] la había atravesado tiempo atrás y, aunque podía

1. El jezail, llamado *jezzail* en idioma pastún, es un arma larga

andar sin dificultad, los cambios meteorológicos hacían que me doliera cansinamente.

—Mi fama ha llegado hasta el continente en los últimos tiempos —dijo Holmes tras una pausa, mientras llenaba su vieja pipa de raíz de madera de brezo—. La semana pasada François le Villard, quien, como usted seguramente sabe, ha destacado recientemente en los servicios de investigación franceses, se puso en contacto conmigo para hacerme una consulta. Posee la habilidad celta de la intuición rápida, pero carece todavía de un amplio espectro de conocimientos precisos, lo que es esencial para alcanzar un estadio avanzado en su disciplina. El caso estaba relacionado con un testamento y tenía algunas características que lo hacían interesante. Pude referirle otros dos casos paralelos, uno que tuvo lugar en Riga en 1857 y otro que sucedió en St. Louis en 1871, los cuales le inspiraron la solución correcta. Esta es la carta que he recibido de él esta mañana en la que agradece mi colaboración.

Mientras hablaba, me alargó una hoja arrugada de papel de notas extranjero. La ojeé apreciando la profusión de símbolos de admiración y los aislados *magnifiques*, *coup de maîtres* y *tour de forces*,[2] que eran testimonio de la ardiente admiración que el francés profesaba a Holmes.

—Habla como lo haría un alumno a su maestro —comenté.

—Oh, valora mi ayuda excesivamente —dijo Holmes despreocupadamente—. Tiene muy buenas cuali-

---

utilizada en la India británica, el Asia Central y en partes del Oriente Medio. (*N. de la E.*)

2. Magníficos, acciones magistrales y proezas. (*N. de la E.*)

dades. De hecho, posee dos de las tres cualidades más relevantes que ha de tener el detective ideal. Tiene una gran capacidad para la observación y para la deducción. Tan solo carece de experiencia y eso es cuestión de tiempo. Está traduciendo mis obras al francés.

—¿Sus obras?

—¿No lo sabía? —exclamó riéndose—. Sí, me confieso culpable de haber escrito varias monografías. Todas versan sobre cuestiones técnicas. Por ejemplo, una de ellas se titula *Acerca de la identificación de los distintos tipos de tabaco a partir de sus cenizas*. En ella enumero unos ciento cuarenta tipos distintos de tabaco, bien sean cigarrillos, puros o tabaco para pipa, acompañado cada uno de ellos de láminas en color que ilustran las diferencias entre las distintas cenizas. Este aspecto sale continuamente a relucir en los juicios penales y muchas veces proporciona pistas extraordinarias. Si, por ejemplo, podemos afirmar que un asesinato ha sido cometido por alguien que fuma *lunkah*[3] indio, restringimos extraordinariamente el campo de búsqueda. A los ojos de un experto, la diferencia entre la ceniza negra del tabaco Trichinopoly y los esponjosos restos que deja la variedad *bird's-eye* es tan obvia como la que hay entre una col y una patata.

—Es usted de una minuciosidad sorprendente —apunté.

—Soy capaz de reconocer la importancia de los pequeños detalles. Aquí tengo mi monografía sobre el rastreo de huellas, en la que hago alguna referencia al

3. Cigarro fuerte, similar a un puro, hecho de tabaco de las regiones indias de Godavari delta, conocidas localmente como *lanka* (Hobson-Jobson, 1886). *(N. de la E.)*

método que utilizan en París para conservar las impresiones en escayola. También tengo aquí un pequeño escrito sobre la influencia que tienen los oficios en la forma de las manos de quienes los ejercen, acompañado de moldes de las manos de pizarreros, marineros, corcheros, compositores, tejedores y talladores de diamantes. Es este un tema de gran importancia práctica para la policía científica. Especialmente en casos relacionados con un cadáver que nadie reclama o para descubrir el pasado de un criminal. Pero le estoy aburriendo con mis aficiones.

—Nada de eso —respondí de corazón—. Lo encuentro sumamente interesante. Sobre todo teniendo en cuenta que he tenido la oportunidad de verle llevar sus conocimientos a la práctica. Pero habla usted de observación y deducción. Sin duda, la una implica hasta cierto punto a la otra.

—Más bien no —respondió mientras se recostaba cómodamente en su sillón y su pipa lanzaba al aire espesas volutas de humo—. Por ejemplo, mi capacidad de observación me dice que esta mañana usted ha estado en la oficina de correos de Wigmore Street. Y mediante deducción infiero que lo que ha hecho allí es enviar un telegrama.

—¡Correcto! —dije—. ¡Ambas afirmaciones son correctas! Pero le confieso que no veo cómo ha podido saberlo. Lo decidí de repente y no se lo he mencionado a nadie.

—Es de lo más sencillo —apuntó riéndose ante mi asombro— Tan absurdamente sencillo que cualquier explicación resulta superflua. Pero, a pesar de ello, podría resultar de utilidad para establecer los límites entre observación y deducción. Gracias a mi capacidad de observación, sé que tiene adherido a la parte interna de sus zapatos un poco de barro rojizo. Justo enfrente de la oficina de correos de Wigmore Street han levantado la acera y han excavado en la tierra de tal manera que es casi imposible evitar pisarla al entrar. La tierra en ese lugar tiene ese peculiar color rojizo que, por lo que yo sé, no es posible encontrar en ningún otro punto de este barrio. Hasta ahí lo que concierne a la observación. El resto es obra de la capacidad deductiva.

—¿Cómo llegó a deducir que había enviado un telegrama?

—Bueno, sabía perfectamente que no había escrito ninguna carta, ya que he estado sentado delante de usted toda la mañana. Su escritorio está abierto y puedo ver también una hoja de sellos y un buen fajo de tarjetas postales sobre él. ¿Qué otro motivo podría haberle llevado hasta la oficina de correos sino enviar un telegrama? Elimine todas las demás posibilidades y lo que quede deberá ser necesariamente la verdad.

—En este caso es así sin duda —respondí después de meditar unos instantes—. Se trataba, sin embargo, como usted mismo dijo, de un problema muy sencillo. ¿Me tendría por un impertinente si pusiese sus teorías a prueba con un problema más complejo?

—Al contrario —respondió Holmes—, con ello evitaría tomar una segunda dosis de cocaína. Estaré encantado de enfrentarme a cualquier problema que desee plantearme.

—Le he oído decir que es difícil no dejar en los objetos que utilizamos diariamente una impronta que cualquier observador experimentado puede leer. Pues bien, tengo aquí un reloj que ha llegado recientemente

14

a mi poder. ¿Sería usted tan amable de darme su opinión acerca del carácter o costumbres de su anterior propietario?

Le di el reloj mientras sentía un secreto regocijo en mi corazón, ya que, en mi opinión, el problema era imposible de resolver. Mi intención con ello era darle una lección debido al tono dogmático que a veces utilizaba. Balanceó el reloj en su mano, observó la esfera detenidamente y abrió la tapa trasera para examinar los engranajes. Primero lo hizo a simple vista y, a continuación, utilizó una potente lente de aumento. Casi no podía reprimir mi sonrisa al contemplar la alicaída expresión de su rostro cuando, por fin, cerró de golpe la tapa del reloj y me lo devolvió.

—Apenas proporciona información —comentó—. Este reloj ha sido limpiado recientemente y eso elimina la mayoría de los datos de relevancia.

—Tiene usted razón —respondí—. Lo limpiaron antes de enviármelo.

En mi fuero interno le acusé de buscar una pobre excusa con la que justificar su fracaso. ¿Qué información podría esperarse de un reloj que no hubiese sido limpiado?

—A pesar de no ser satisfactoria, mi inspección no ha sido totalmente estéril —puntualizó mirando al techo con ojos soñadores y carentes de brillo alguno—. Pendiente de que usted me corrija, diría que el reloj perteneció a su hermano mayor, quien lo heredó de su padre.

—Cosa que sin duda deduce por las iniciales H. W. grabadas en el dorso.

—Efectivamente. La W. sugiere su propio apellido. Ese reloj se fabricó hará unos cincuenta años. Y las iniciales datan también de entonces: por tanto, se hizo para alguien de una generación anterior. Es el hijo mayor el que suele heredar las piezas de joyería y suele, además, llamarse igual que el padre. Si no recuerdo mal, su padre murió hace muchos años. Por tanto, el reloj tuvo que estar en manos de su hermano mayor.

—Hasta aquí, todo es correcto —dije—. ¿Algo más?

—Era un hombre muy desaliñado. Muy desaliñado y muy descuidado. Heredó un buen capital, pero desperdició sus oportunidades; conoció la pobreza durante algún tiempo y tuvo breves intervalos de prosperidad. Finalmente, cayó en la bebida y falleció. Esto es todo lo que puedo averiguar.

Salté de mi silla y cojeé impacientemente por la habitación con el corazón rebosante de amargura.

—Esto no es propio de usted, Holmes —dije—. Jamás le creí capaz de caer tan bajo. Ha hecho averiguaciones acerca de mi desdichado hermano y ahora finge, de un modo extravagante, haberlo deducido. ¡No espere que me crea que todo esto lo ha sabido al mirar su viejo reloj! Es muy desconsiderado y, hablando claro, resulta propio de charlatanes.

—¡Mi querido doctor! —dijo Holmes afectuosamente—. Le ruego acepte mis disculpas. Al plantearme el problema como algo abstracto, he olvidado lo doloroso e íntimo que podría ser para usted. Le aseguro que jamás supe que usted tenía un hermano mayor hasta que me dejó ese reloj.

—¿Cómo, en nombre de lo más sagrado, supo entonces todo lo que dijo? Todos los detalles que mencionó son correctos.

—Ah, he tenido suerte. Me limité a mencionar los

hechos de mayor probabilidad. No esperaba que todos fuesen totalmente correctos.

—¿No se trataba entonces de meras suposiciones?

—No, no. Jamás hago suposiciones. Ese es un hábito muy desafortunado y que destruye la facultad lógica. Algunas cosas le resultan peculiares porque no está siguiendo mi cadena de pensamientos o porque no presta atención a los pequeños detalles, de los cuales se pueden extraer importantes consecuencias. Por ejemplo, afirmé al principio que su hermano era un hombre muy descuidado. Si observa la parte inferior del reloj verá que no solo tiene dos abolladuras, sino que está lleno de arañazos y rasguños debido a la costumbre de llevarlo en el mismo bolsillo en el que se guardan otros objetos como, por ejemplo, llaves y monedas. No es muy descabellado llegar a la conclusión de que un hombre que hace algo así con un reloj de cincuenta guineas es bastante descuidado. Y tampoco es una locura deducir que un hombre que ha heredado un objeto de tanto valor habrá heredado también otros bienes similares.

Asentí para mostrar que seguía su razonamiento.

—Entre los prestamistas de Inglaterra está muy extendida la costumbre de utilizar una punta afilada para grabar, en el interior de la caja de los relojes que aceptan como empeño, el número correspondiente al recibo que extienden. Resulta mucho más cómodo que ponerle una etiqueta al reloj, ya que así no hay riesgo de que esta se pierda o acabe en una pieza distinta. Con mi lupa he visto dentro de la caja de ese reloj no menos de cuatro números de las características mencionadas. Conclusión: su hermano estaba con frecuencia con el agua al cuello. Segunda conclusión:

tuvo ocasionales periodos de prosperidad o no podría haber recuperado la pieza empeñada. En último lugar, le ruego que mire en el interior, donde está el orificio para darle cuerda. Mire los miles de arañazos que lo rodean. Todos ellos indican los lugares sobre los que patinó la llave. ¿Qué hombre sobrio habría podido rayar tanto el reloj al darle cuerda? En cambio, jamás verá un reloj de un borracho que carezca de tales marcas; le da cuerda por la noche y deja las huellas de su pulso inestable. ¿Dónde queda el misterio en todo esto?

—Resulta claro como el agua —respondí—. Lamento haber sido tan injusto con usted. Debería haber tenido más fe en sus sorprendentes habilidades. ¿Puedo preguntarle si se trae algún caso entre manos en la actualidad?

—Ninguno. De ahí que recurra a la cocaína. No puedo vivir si no tengo en qué ocupar mi cerebro. ¿De qué sirve si no la vida? Venga a la ventana. ¿Vio jamás un mundo más deprimente, sombrío y desaprovechado? Mire cómo la niebla amarilla se arremolina a lo largo de la calle y se extiende por entre las ocres casas. ¿Qué podría ser más desesperadamente prosaico y vulgar? ¿De qué sirve tener unas habilidades, doctor, si se carece del objeto al cual aplicarlas? El crimen es algo corriente, la existencia es algo corriente, y nada que no sea corriente tiene lugar alguno en la tierra.

Había abierto la boca para responder a su diatriba cuando, precedida por un sonoro golpe en la puerta, apareció nuestra casera portando una tarjeta sobre una bandeja de latón.

—Una señorita desea verle, señor —dijo dirigiéndose a mi compañero.

—«Señorita Mary Morstan» —leyó Holmes—. ¡Hum!, no lo había oído antes. Dígale a esa señorita que pase, señora Hudson. No se vaya, doctor. Preferiría que se quedase.

2

El relato del misterio

La señorita Morstan entró en la habitación con paso firme y actitud decidida. Era una dama joven, rubia, menuda y de aspecto delicado. Llevaba buenos guantes y vestía con un gusto irreprochable. Sin embargo, la sencillez y modestia de su atuendo mostraban que no nadaba en la abundancia. El vestido era de un sombrío beige grisáceo y no llevaba cintas ni adornos. Llevaba un turbante del mismo tono tristón, que solo una apenas visible pluma blanca animaba un poco. No era un rostro de rasgos regulares ni tenía un cutis bello. Y sin embargo, su expresión era dulce y agradable y sus grandes ojos azules resultaban singularmente espirituales y comprensivos. Jamás en todo mi trato con mujeres, que se extiende a muchos países a lo largo de tres continentes, me había topado con un rostro que diera más que este la impresión de pertenecer a alguien de naturaleza refinada y sensible. No pude evitar observar, mientras se sentaba en el lugar que Holmes disponía para ella, que sus labios y manos temblaban, y que toda ella daba muestra de estar sintiendo una profunda agitación interior.

—He venido a verle, señor Holmes, porque en una ocasión ayudó usted a mi patrona, la señora Cecil Forrester, a desentrañar un pequeño problema doméstico. Ella quedó muy impresionada por su destreza y amabilidad.

—La señora Cecil Forrester —repitió él pensativamente—. Creo que le fui de poca ayuda. Se trató, por lo que yo recuerdo, de un caso muy sencillo.

—Ella no lo cree así. Por lo menos, no opinará usted lo mismo del mío. No puedo imaginarme nada más raro, más absolutamente inexplicable, que la situación en la que me encuentro.

Holmes se frotó las manos. Sus ojos se iluminaron. Se inclinó hacia delante en su asiento, mostrando una intensa concentración en su rostro de definidos rasgos de halcón.

—Exponga su caso —dijo en un seco tono profesional. Sentí que mi presencia resultaba embarazosa.

—Estoy seguro de que sabrán disculparme —dije levantándome de mi asiento.

Para mi sorpresa, la joven dama levantó su mano enguantada para detenerme.

—Si su amigo fuese tan amable de quedarse —dijo ella—, podría serme de inestimable ayuda.

Volví a mi asiento de nuevo.

—En pocas palabras —continuó—, se trata de lo siguiente: Mi padre era oficial en un regimiento en la India y me envió de vuelta a Inglaterra cuando yo era muy pequeña. Mi madre había fallecido y no tenía ningún pariente aquí. Me alojé en un confortable interna-

21

do en Edimburgo y permanecí allí hasta que cumplí diecisiete años. En 1878 mi padre, que era capitán de su regimiento, consiguió un permiso de doce meses y regresó a Inglaterra. Me telegrafió desde Londres contándome que había llegado sano y salvo y pidiéndome que viniera inmediatamente a verle. Me proporcionó la dirección del hotel en el que se alojaba, el Langham. Recuerdo que era un mensaje lleno de dulzura y amor. Al llegar a Londres me dirigí al hotel Langham, donde me dijeron que, efectivamente, mi padre se hospedaba allí, pero que había salido la noche anterior y todavía no había regresado. Esperé allí todo el día, pero no recibí ninguna noticia suya. Aquella noche, siguiendo el consejo del director del hotel, puse el caso en conocimiento de la policía y a la mañana siguiente inserté un aviso en todos los periódicos. Todo nuestro esfuerzo resultó ser en vano, pues desde aquel día no he vuelto a saber nada de mi desdichado padre. Regresó a casa con el corazón rebosante de esperanza de encontrar algo de paz, de sosiego, y en cambio...

Se llevó una mano a la garganta y un entrecortado sollozo la obligó a dejar la frase en suspenso.

—¿Fecha? —preguntó Holmes abriendo su bloc de notas.

—Desapareció el tres de diciembre de 1878. Hace casi diez años.

—¿Su equipaje?

—Permaneció en el hotel. No había en él nada que proporcionase ni la más pequeña pista. Tan solo algo de ropa, algún libro y un número bastante considerable de recuerdos de las islas Andamán. Allí había sido uno de los oficiales al mando del penal.

—¿Tenía algún amigo en la ciudad?

—Que sepamos, solo uno, el mayor Sholto, de su mismo regimiento, el Trigésimo Cuarto de Infantería de Bombay. El mayor se había retirado poco tiempo antes y vivía en Upper Norwood. Nos pusimos en contacto con él, naturalmente, pero ni siquiera sabía que su hermano de armas se encontraba en Inglaterra.

—Un caso curioso —comentó Holmes.

—Todavía no le he contado lo más curioso de todo. Hará unos seis años, el cuatro de mayo de 1882 para ser exactos, apareció un anuncio en el *Times* solicitando la dirección de la señorita Mary Morstan. El anuncio afirmaba que sería provechoso para ella darse a conocer. En el anuncio no aparecía ninguna dirección ni ningún nombre. En aquella época yo acababa de entrar al servicio de la familia de la señora Cecil Forrester en calidad de institutriz. Fue ella quien me aconsejó publicar mi dirección en la sección de anuncios por palabras. Ese mismo día recibí por correo una pequeña caja de cartón que contenía una resplandeciente perla de gran tamaño. Ni una sola palabra acompañaba el envío. Desde ese momento, todos los años recibo en dicha fecha una caja similar que contiene una perla de esas características y ninguna pista acerca de su remitente. Un experto que ha examinado las perlas ha dictaminado que pertenecen a una variedad muy poco frecuente y que son de gran valor. Usted mismo puede ver que son muy hermosas.

Mientras hablaba, abrió una caja plana y me mostró seis de las perlas más extraordinarias que había visto jamás.

—Su relato es de lo más interesante —dijo Holmes—. ¿Ha ocurrido algo más?

—Sí, ni más ni menos que hoy. Por ello he venido a

verle. Esta mañana he recibido esta carta que tal vez sea mejor que lea usted mismo.

—Gracias —dijo Holmes—. Permítame también el sobre, por favor. Matasellada en el sudoeste de Londres. Fecha: 7 de julio. ¡Ajá! La huella de un pulgar masculino en una esquina; seguramente del cartero. Papel de la mejor calidad. Sobres de seis peniques el paquete. Hombre exigente por lo que se refiere a sus artículos de correspondencia. Sin remite.

Esté hoy a las siete en punto de la tarde en el tercer pilar empezando por la izquierda de la fachada del teatro Lyceum. Si no se fía, traiga con usted a dos amigos. Es usted una mujer injuriada y merece que se le haga justicia. No avise a la policía o todo será en vano. Su amigo desconocido.

—En fin, se trata de un misterio muy interesante. ¿Qué va a hacer, señorita Morstan?

—Eso es exactamente lo que he venido a preguntarle.

—En ese caso, debemos ir, naturalmente. Usted, yo y... sí, el doctor Watson es nuestro hombre, sin duda. El remitente dice dos amigos. Watson y yo hemos trabajado juntos antes.

—Pero ¿querrá venir? —preguntó ella. Había una súplica en su voz y expresión.

—Será un honor para mí serle de utilidad—dije fervientemente.

—Son ustedes muy amables —dijo ella—. He llevado una vida muy retirada y no tengo amigos a los que recurrir. ¿Les parece bien que esté aquí, digamos, a las seis?

—No se retrase —dijo Holmes—. Queda todavía

otra cuestión. ¿La letra de la carta es la misma con la que está escrita su dirección en las cajas de las perlas?

—Las tengo aquí —replicó ella sacando media docena de notas.

—Es usted, sin ninguna duda, la cliente modelo. Sus intuiciones son correctas. Veamos —extendió las notas sobre la mesa y lanzó miradas penetrantes de una a otra—. La escritura está impostada en todas las notas excepto en la carta —dijo finalmente—; pero no hay ninguna duda sobre el autor de ellas. Miren cómo se destaca la c y observen el tirabuzón de las eses finales. Se trata indiscutiblemente de la misma persona. No quiero hacerle albergar falsas esperanzas, señorita Morstan, pero ¿hay algún parecido entre esta letra y la de su padre?

—No podrían ser más distintas.

—Esperaba oírla decir eso. Nos encontraremos entonces aquí a las seis. Le ruego que me permita quedarme con las notas. Eso me permitiría estudiarlas antes de nuestra cita. Son solo las tres y media. *Au revoir*, pues.

—*Au revoir* —dijo nuestra visitante y, con una brillante y amable mirada de uno a otro de nosotros, guardó la caja de las perlas en su pecho y se marchó rápidamente.

De pie junto a la ventana, la observé caminar calle abajo con paso decidido hasta que el turbante gris y la pluma blanca no fueron más que una mancha entre la sombría multitud.

—¡Qué mujer más atractiva! —exclamé girándome hacia mi compañero.

Él había encendido nuevamente su pipa y estaba recostado en el sillón con los párpados entrecerrados.

—Ah, ¿sí? —dijo lánguidamente—. No me he dado cuenta.

—¡Es usted un autómata, una máquina calculadora! —exclamé—. Definitivamente, hay algo inhumano en usted algunas veces.

Holmes sonrió amablemente.

—Es de vital importancia —declaró— no consentir que las cualidades personales nublen el criterio. Un cliente es para mí una unidad, un mero factor de un problema. Las cualidades emocionales son antagónicas al razonamiento preciso. Le aseguro que la mujer más cautivadora que he conocido jamás fue ahorcada por envenenar a tres niños pequeños a fin de cobrar el dinero de su seguro. Y el hombre más físicamente desagradable que conozco es un filántropo que ha donado más de un cuarto de millón de libras esterlinas a los pobres de esta ciudad.

—Sin embargo, en este caso...

—Nunca hago excepciones. Las excepciones pervierten la regla. ¿Ha tenido alguna vez ocasión de estudiar grafología? ¿Qué le sugiere la escritura manuscrita de este hombre?

—Es clara y uniforme —respondí—. Un hombre de negocios y de carácter.

Holmes agitó la cabeza.

—Mire las letras altas —dijo—. Casi no se elevan sobre las demás. Esta de podría ser una a, y la ele podría ser una e. Los hombres con carácter, en cambio, distinguen perfectamente sus letras altas de las bajas, independientemente de lo ilegible que resulte su escritura. Su manera de escribir la ka indica vacilación y sus letras mayúsculas indican amor propio. Voy a salir, tengo que hacer algunas cosas. Permítame que le recomiende este libro, *El martirio del hombre*, el mejor libro escrito jamás. Estaré de vuelta en una hora.

Me senté al lado de la ventana con el volumen en mis manos. Mis pensamientos estaban lejos de las atrevidas especulaciones del autor. Mi mente estaba con nuestra visitante. Su manera de sonreír, su voz profunda, el extraño misterio que se proyectaba sobre su vida... Si tenía diecisiete años cuando su padre desapareció, ahora debía tener veintisiete. Una edad espléndida. La juventud ha perdido conciencia de sí misma y la experiencia la modera. Me quedé sentado, meditando, hasta que pensamientos tan peligrosos empezaron a discurrir por mi mente. Corrí a mi mesa y me sumergí furiosamente en el último tratado sobre patología. ¿Quién era yo, un cirujano de infantería retirado, con una pierna herida y una cuenta bancaria menos saludable todavía, para atreverme a pensar en tales cosas? Ella era solo una unidad, un factor. Nada más. Si mi futuro no era prometedor, lo mejor sería afrontarlo como un hombre en vez de pretender endulzarlo con vanas quimeras.

3

En busca de una solución

Holmes regresó antes de las cinco y media. Estaba radiante, deseoso de entrar en acción y de un humor excelente, estado de ánimo que en su caso se alternaba con periodos del más profundo decaimiento.

—No hay nada extraordinariamente misterioso en todo este asunto —declaró mientras tomaba la taza de té que acababa de servirle—; aparentemente, existe una única explicación racional de los hechos.

—¿En serio? ¿Ya lo ha resuelto?

—Bueno, eso sería mucho decir. He descubierto un detalle muy sugerente, eso es todo. Pero, en cualquier caso, es muy sugerente. Todavía tengo que perfilar los detalles. Consultando números atrasados del *Times*, he descubierto que el mayor Sholto, de Upper Norwood y que perteneció al Trigésimo Cuarto Regimiento de Infantería de Bombay, falleció el veintiocho de abril de 1882.

—Debo ser realmente obtuso, Holmes, pero no soy capaz de ver a dónde conduce eso.

—¿En serio? Me sorprende usted. Mírelo de la siguiente forma. El capitán Morstan desaparece. La única persona en Londres a la que él podría haber visitado es el mayor Sholto. Sholto niega haber sabido que Morstan estaba en Londres. Cuatro años más tarde, Sholto muere. Esa misma semana la hija del capitán Morstan recibe un regalo de gran valor, que se repite año tras año. Y la cosa culmina ahora, momento en el que recibe una carta que la describe como una mujer con la que se ha cometido una injusticia. ¿A qué injusticia podrían referirse si no se trata de haberle arrebatado a su padre? ¿Y por qué empieza a recibir los regalos justo tras la muerte de Sholto, si no es porque uno de sus herederos sabe algo acerca del misterio y desea compensarla de alguna manera? ¿Tiene usted alguna teoría alternativa que explique los hechos?

—¡Vaya compensación más extraña! ¡Y qué forma más rara de realizarla! ¿Por qué escribir una carta ahora en vez de hace seis años? Además, la carta habla de hacerle justicia a ella. ¿Qué justicia podría hacérsele? Es demasiado aventurado suponer que su padre sigue con vida. No se ha cometido contra ella ninguna otra injusticia que usted conozca.

—Sí, quedan cosas por resolver, no hay duda —dijo Holmes pensativamente—; pero nuestra expedición nocturna de hoy debería resolverlas todas. Ahí aparece un carruaje y la señorita Morstan está en él. ¿Está preparado? En ese caso deberíamos bajar, ya pasa un poco de la hora.

Cogí mi sombrero y mi bastón más pesado. Observé que Holmes cogía de un cajón su revólver y que lo deslizaba en su bolsillo. Era obvio que pensaba que la noche podría complicarse.

La señorita Morstan iba envuelta en una capa oscura y su dulce rostro aparecía sereno pero pálido. No hubiese sido una mujer si no hubiese sentido algo de inquietud ante la aventura que emprendíamos. A pesar de todo, su autocontrol era perfecto y respondió diligentemente a las pocas preguntas adicionales que Holmes le formuló.

—El mayor Sholto era un amigo muy apreciado por papá —dijo—. Sus cartas estaban llenas de alusiones al mayor. Papá y él estaban al mando de las tropas de las islas Andamán y estaban muy unidos. Por cierto, en el escritorio de papá se encontró un papel muy curioso y que nadie supo interpretar. No creo que tenga la menor relevancia, pero lo he traído. Aquí está.

Holmes desdobló cuidadosamente el papel y lo estiró sobre sus rodillas. A continuación lo examinó meticulosamente con su lupa.

—Este papel es de manufactura india —observó—. Durante algún tiempo estuvo colgado de un tablón. El dibujo que aparece en él parece ser un plano de parte de un gran edificio con muchas salas, pasillos y pasadizos. En un punto aparece una cruz trazada con tinta roja y sobre ella, escrito en lápiz borroso, «3,37 desde la izquierda». En la esquina izquierda puede verse un curioso jeroglífico. Parecen cuatro cruces alineadas cuyos brazos se tocan. A su lado, escrito en caracteres muy burdos y toscos, «el signo de los cuatro: Jonathan Small, Mahomet Singh, Abdullah Khan, Dost Akbar». No, confieso que no veo qué relación puede tener esto con nuestro asunto. A pesar de ello, debe tratarse de un documento importante. Ha estado guardado cuidadosamente dentro de un libro de notas, pues ambas caras están limpias por igual.

—Lo encontramos dentro de su libro de notas.

—Guárdelo bien entonces, señorita Morstan, pues podría resultarnos útil. Empiezo a creer que todo este asunto tiene aspectos más sutiles y profundos de los que en un principio pensé que tenía. Debo replantearme las cosas.

Se recostó en el carruaje y pude ver por su ceño fruncido y sus ojos ausentes que estaba pensando intensamente. La señorita Morstan y yo charlamos en voz baja sobre el resultado de la expedición en la que acabábamos de embarcarnos y su posible resultado, pero Holmes mantuvo su impenetrable reserva hasta que finalizó nuestro trayecto.

Era una tarde de septiembre y no eran todavía las siete en punto, pero el día había sido deprimente y una densa y húmeda niebla caía sobre la gran ciudad. Nubes de color fango colgaban mustias sobre las embarradas calles. A lo largo del paseo, las farolas no eran más que difusas manchas luminosas que proyectaban un débil halo circular sobre las resbaladizas aceras. El brillo amarillento de los escaparates se abría paso entre el aire lleno de humedad e iluminaba de manera turbia y trémula la transitada calle. A mi modo de ver, había algo siniestro y fantasmal en la incesante procesión de caras que cruzaban las estrechas zonas iluminadas: caras alegres, caras tristes. Caras ojerosas y caras felices. Al igual que el resto de la humanidad, pasaban de las tinieblas a la luz y, de nuevo, regresaban a las tinieblas. No soy fácilmente impresionable, pero la pesadez de la tarde se aliaba con el extraño asunto que nos ocupaba para deprimirme y ponerme nervioso. La actitud de la señorita Morstan me hizo comprender que sentía lo mismo que yo. Solo Holmes era capaz de permanecer ajeno a influencias tan nimias. Mantenía su bloc de notas abierto sobre las rodillas y, de vez en cuando, apuntaba alguna cifra o algún dato a la luz de su linterna de bolsillo.

La multitud se agolpaba en los laterales del teatro Lyceum. Enfrente había un continuo discurrir de carruajes de los que descendían hombres parapetados tras sus pecheras y mujeres ataviadas con chales y diademas. Casi no nos había dado tiempo de llegar a la tercera columna de la fachada, nuestro punto de encuentro, cuando un hombre pequeño, oscuro y nervioso que iba vestido como un cochero se dirigió a nosotros.

—¿Son ustedes los acompañantes de la señorita Morstan? —preguntó.

—Yo soy la señorita Morstan y estos caballeros son mis amigos —respondió ella.

Unos ojos extraordinariamente penetrantes e inquisidores se posaron sobre nosotros.

—Perdóneme señorita —dijo él de manera un tanto lastimosa—, pero debo pedirle que me dé su palabra de que ninguno de estos caballeros es un oficial de policía.

—Le doy mi palabra —contestó ella.

Él dio un estridente silbido y un golfillo hizo detenerse delante de nosotros un carruaje y nos abrió la portezuela. El hombre que se había dirigido a nosotros subió al pescante del carruaje y nosotros nos acomodamos en su interior. Inmediatamente, restalló el látigo del cochero y comenzó un furioso viaje a toda velocidad por las calles llenas de niebla.

La situación era pintoresca. Nos llevaban a un destino desconocido, con una misión que tampoco conocíamos. Y, sin embargo, o bien el propósito de nuestra invitación era un completo engaño (lo que era una hipótesis del todo inconcebible) o, al contrario, teníamos indicios más que suficientes para suponer que cuestiones de vital importancia nos aguardaban al final de nuestro viaje. El comportamiento de la señorita Morstan era decidido, y permanecía encerrada en ella misma como siempre. Me propuse entretenerla y divertirla con el relato de mis aventuras en Afganistán; pero, siendo sincero, estaba tan excitado a causa de nuestra situación y me intrigaba tanto a dónde nos dirigíamos, que mis historias no tenían mucho sentido. Todavía hoy, ella afirma que le conté una interesantísima anécdota en la que un mosquete entraba en mi tienda en lo más profundo de la noche y yo le disparaba con un cachorro de tigre de dos cañones. Al principio sabía más o menos por dónde avanzábamos; pero pronto, entre la velocidad que llevábamos, la niebla y mis limitados conocimientos de Londres, me desorienté por completo y solo sabía que estábamos yendo muy lejos. Sherlock Holmes, en cambio, no se despistó en ningún momento y de cuando en cuando, mientras el carruaje traqueteaba al atravesar plazas y callejones tortuosos, murmuraba el nombre de los lugares por los que pasábamos.

—Rochester Row —decía—. Ahora Vincent Square. Salimos a Vauxhall Bridge Road. Aparentemente, nos dirigimos hacia Surrey. Sí, eso es. Estamos sobre el puente. Pueden ver ustedes el río de tanto en tanto.

Efectivamente, tuvimos una fugaz visión del Támesis; las farolas se reflejaban sobre las anchas y silenciosas aguas. Pero nuestro carruaje giró y pronto se encontró en un laberinto de calles situado al otro lado del río.

—Wordsworth Road —dijo mi camarada—. Priory Road. Lark Hall Lane. Stockwell Place. Robert Street.

Cold Harbour Lane. Nuestra misión no parece llevarnos a lugares muy distinguidos.

De hecho habíamos llegado a un barrio bastante sospechoso y poco aconsejable. Largas hileras de monótonas casas de ladrillo solo se veían animadas por el brillo chabacano y agrio de los pubs en las esquinas. A continuación, empezaron a aparecer hileras de casitas de dos plantas que contaban con un diminuto jardín delantero. Y entonces, de nuevo, interminables hileras de edificios recién construidos de ladrillo visto; los tentáculos de la gigantesca ciudad que comenzaban a invadir el campo. Por fin, el carruaje se detuvo en la tercera casa de una nueva hilera de casas adosadas. Ninguna de las casas vecinas estaba habitada. Aquella frente a la que nos apeamos estaba tan oscura como las demás, excepto por una tenue luz procedente de la ventana de la cocina. A pesar de ello, nada más llamar a la puerta, un sirviente hindú la abrió de inmediato. Iba vestido con un turbante amarillo, blancas ropas holgadas y un fajín amarillo. Había algo extrañamente incongruente en esta figura oriental enmarcada por la puerta de una vulgar casa situada en una barriada de tercera.

—El sahib[1] los espera —dijo.

Y mientras él hablaba, una voz aguda y aflautada llegó desde una de las habitaciones interiores.

—Tráelos ante mí, khitmutgar[2] —dijo—. Tráelos inmediatamente ante mí.

1. Tratamiento, equivalente a señor o a amo, que daban los indígenas de la India a los colonizadores. (N. de la E.)
2. Sirviente masculino. (N. de la E.)

34

4

El relato del hombre sin pelo

Seguimos al indio a lo largo de un pasadizo oscuro y vulgar, mal iluminado y peor amueblado, hasta que finalmente llegamos a una puerta a nuestra derecha, que abrió de par en par. Cayó sobre nosotros un haz de luz amarilla. En medio del resplandor estaba un hombre de pequeña estatura y cabeza muy alargada. Alrededor de ella tenía una hilera de cabello rojo, y la calva sobresalía como el pico de una montaña entre las copas de los árboles. Se retorcía las manos al tiempo que permanecía en pie y su rostro era una constante sucesión de muecas. Tan pronto sonreía como fruncía el ceño, pero sus rasgos jamás estaban en reposo. La madre Naturaleza le había dotado de un labio inferior colgante y una hilera demasiado visible de dientes amarillos e irregulares que intentaba ocultar, sin demasiado éxito, pasándose continuamente una mano por la parte inferior de la cara. A pesar de su chocante calva, parecía bastante joven. De hecho, acababa de cumplir treinta años.

—Su humilde servidor, señorita Morstan —no dejaba de repetir con su aguda vocecilla—. Su humilde servidor, caballeros. Les ruego que pasen a mi santuario. Pequeño, pero amueblado enteramente a mi gusto, señorita. Un oasis artístico en este desolado desierto que es el sur de Londres.

El cuarto en el que nos introdujo nos dejó asombrados. Dentro de aquella miserable casa estaba tan fuera de lugar como un diamante de la mejor calidad engarzado en latón. Las cortinas y tapices más ricos vestían las paredes, abriéndose aquí y allá para dejar al descubierto una pintura lujosamente enmarcada o un magnífico jarrón oriental. La alfombra era ámbar y negra, tan gruesa y mullida que los pies se hundían deliciosamente en ella como si de musgo se tratase. La sensación de lujo oriental se veía incrementada por dos magníficas pieles de tigre extendidas a ambos lados de la sala y un narguile colocado sobre una estera en un rincón. Una lámpara de plata con forma de paloma colgaba de un hilo dorado casi invisible en el centro de la sala. Mientras quemaba, impregnaba el aire de un sutil aroma.

—Soy el señor Thaddeus Sholto —dijo el hombrecillo, que continuaba con sus muecas y sonrisas—. Ese es mi nombre. Usted es, naturalmente, la señorita Morstan. ¿Y estos caballeros son...?

—Este es el señor Sherlock Holmes y este es el doctor Watson.

—Vaya, ¡un doctor! —exclamó muy excitado—. ¿Trae su estetoscopio con usted? ¿Puedo pedirle...? Es decir, ¿sería usted tan amable de comprobar el estado de mi válvula mitral? Mi válvula aórtica no me preocupa, pero estoy muy interesado en conocer su opinión sobre mi válvula mitral.

Escuché su corazón como me pedía, pero no fui capaz de encontrar nada anormal en su funcionamiento; salvo que estaba en medio de un ataque de pánico, pues temblaba de la cabeza a los pies.

—Todo parece normal —le dije—. No tiene de qué preocuparse.

—Estoy seguro de que sabrá disculpar mi ansiedad, señorita Morstan —comentó con ligereza—. Sufro mucho y hace tiempo que tenía sospechas de que algo no iba bien con esa válvula. Me llena de alegría saber que eran infundadas. Si su padre, señorita Morstan, no hubiese exigido tanto de su pobre corazón, seguramente seguiría entre nosotros.

Sentí ganas de abofetearle por un comentario tan fuera de lugar y tan burdo sobre una cuestión tan delicada.

—Algo me decía que estaba muerto —respondió ella.

—Puedo darle todos los detalles —continuó él—. Y lo que es más importante: puedo conseguir que a usted se le haga justicia, y lo haré, independientemente de lo que diga mi hermano Bartholomew. Estoy muy contento de que haya traído a estos amigos con usted. No solo la escoltarán a usted, sino que además serán testigos de todo lo que he de decir y hacer ahora. Los tres seremos un buen baluarte contra mi hermano Bartholomew. Pero no mezclemos a extraños en este asunto. Dejemos a la policía fuera. Podemos resolverlo todo nosotros mismos sin la injerencia de terceros. Nada molestaría más a mi hermano Bartholomew que cualquier tipo de publicidad.

Se sentó en un sofá bajo y nos miró con sus parpadeantes ojillos de color azul desvaído.

—Por lo que a mí respecta —dijo Holmes—, de mí no saldrá nada de lo que usted diga.

Asentí para manifestar mi compromiso.

—¡Eso está bien! ¡Eso está bien! —exclamó él—. ¿Puedo ofrecerle un vaso de Chianti, señorita Morstan? ¿Tal vez Tokay? No dispongo de ningún otro vino. ¿Desea que abra una botella? ¿No? En ese caso espero que no le moleste el humo del tabaco, el balsámico aroma del tabaco oriental. Estoy algo nervioso y mi narguile es un sedante de valor incalculable.

Encendió el fuego del narguile y el humo burbujeó alegremente en el agua de rosas. Nos sentamos en semicírculo, con las cabezas adelantadas y las barbillas apoyadas en las manos. Mientras, el extraño e inquieto hombrecillo de brillante calva exhalaba nerviosas bocanadas de humo.

—La primera vez que decidí ponerme en contacto directo con usted dudé si incluir mi dirección —dijo—, pero me dio miedo que pudiera usted venir acompañada de personas desagradables en contra de lo que yo le había pedido. Por eso me tomé la libertad de concertar la cita de manera que Williams, mi hombre, pudiese verlos antes. Confío plenamente en la discreción de Williams. Él tenía orden de abortar el asunto si no quedaba completamente satisfecho con lo que viese. Sabrán disculpar tantas precauciones, pero soy un hombre retirado y de gustos, podríamos decir, refinados. Y no hay nada más antiestético que un policía. La vulgaridad me horroriza y hago todo lo posible para evitar el contacto con la burda humanidad. Ya ven que vivo rodeado de una atmósfera de cierta elegancia. Me tengo por un protector de las artes. Es mi debilidad. Ese paisaje es un Corot auténtico. Un experto podría tener algunas dudas respecto a ese Salvatore Rosa, pero la autenticidad del Bourguerau queda fuera de toda duda. Soy un entusiasta de la escuela francesa.

—Perdóneme, señor Sholto —dijo la señorita Morstan—, pero hasta aquí me ha traído un deseo suyo de verme para decirme algo que usted desea que sepa. Es muy tarde y preferiría que nuestra entrevista fuese lo más breve posible.

—Deberá prolongarse durante algún tiempo, me temo —respondió él—, pues debemos ir a Norwood y ver a mi hermano Bartholomew. Iremos y haremos lo posible por sacar lo mejor de él. Está muy enfadado conmigo por haber hecho lo que he estimado oportuno. Tuvimos algo más que palabras anoche. No se imaginan cuán terrible puede llegar a ser cuando se enfada.

—Si hemos de ir a Norwood, quizá sería mejor que partiésemos cuanto antes —me atreví a sugerir.

Se rio hasta que sus orejas enrojecieron.

—Eso sería poco conveniente —dijo—. No me imagino qué diría si los llevase allí de repente. No, debo prepararlos para que sepan cómo debemos tratarnos unos a otros. En primer lugar debo decirles que hay algunos puntos de la historia que yo mismo ignoro. Solo podré contarles hasta donde yo sé.

»Como ya habrán imaginado, mi padre fue el mayor John Sholto, que perteneció al ejército de la India. Se retiró hará unos once años y vino a vivir a Pondicherry Lodge, en Upper Norwood. Había hecho fortuna en la India y trajo con él una considerable suma de dinero, una gran colección de objetos exóticos valiosos y todo un equipo de sirvientes nativos. Con todo esto a su favor, compró una casa y comenzó a vivir en ella con gran lujo. Mi hermano gemelo Bartholomew y yo éramos sus únicos hijos.

»Recuerdo muy bien el revuelo que generó la desaparición del capitán Morstan. Leímos todos los detalles en los periódicos y, como sabíamos que había sido amigo de nuestro padre, hablábamos abiertamente del tema en su presencia. Él también especuló con nosotros acerca de lo que podría haberle sucedido. Ni por un instante sospechamos que él guardaba escondida en su pecho toda la verdad, que él era el único hombre que conocía el fin que Arthur Morstan había tenido.

»Sabíamos en cambio que algún misterio, algún oscuro peligro se cernía sobre nuestro padre. Le aterrorizaba salir solo y siempre tuvo a su servicio a dos reconocidos boxeadores que hacían las veces de porteros en Pondicherry Lodge. Williams, el mismo que esta noche les condujo hasta aquí, fue campeón inglés de los pesos ligeros. Nuestro padre jamás nos confesó a qué le tenía tanto miedo, pero lo cierto es que tenía especial aversión a los hombres que tenían una pata de palo. En una ocasión llegó a disparar su revólver contra uno de ellos, que resultó ser un comerciante totalmente inofensivo que venía a ofrecernos su mercancía. Tuvimos que desembolsar una fuerte suma de dinero para silenciar todo el asunto. Mi hermano y yo pensábamos que se trataba únicamente de una manía de mi padre, pero la sucesión de hechos nos ha hecho cambiar de opinión.

»A principios de 1882 mi padre recibió una carta desde la India que le causó una gran impresión. Estaba sentado a la mesa durante el desayuno y casi perdió el conocimiento al abrirla. A partir de ese día su salud empeoró hasta que, finalmente, murió. Jamás supimos qué leyó en la carta, pero mientras la sostenía pude ver que era breve y las letras parecían garabatos. Durante años una inflamación de bazo le había hecho sufrir, pero a partir de ese momento empeoró rápidamente. A finales de abril nos dijeron que no había ninguna esperanza y que quería vernos por última vez.

»Cuando entramos en su habitación respiraba con dificultad. Unos cojines le mantenían incorporado. Nos rogó que cerrásemos la puerta con llave y que nos sentásemos cada uno a un lado de la cama. Agarró con fuerza nuestras manos y con una voz rota no solo por el dolor, sino también por la emoción, nos hizo un sorprendente relato. Intentaré ser lo más fiel posible a sus propias palabras.

»—Hay una sola cosa —nos dijo— que en este terrible momento pesa sobre mi conciencia. Y es cómo he tratado a la pobre huérfana que Morstan dejó. La maldita avaricia, que ha sido el pecado que me ha perseguido toda la vida, la ha mantenido apartada de un tesoro cuya mitad al menos debería haberle correspondido. Ni siquiera yo mismo, tan absurda y ciega es la avaricia, he disfrutado de él. El solo sentimiento de posesión me hacía tan feliz, que no era capaz de compartirlo con nadie. Ved ese rosario de perlas que está al lado de la botella de quinina. Ni siquiera he sido capaz de desprenderme de eso, a pesar de que mi intención era enviárselo a ella. Vosotros, hijos míos, le daréis una porción justa del tesoro de Agra. Pero no le enviéis nada, ni siquiera el rosario, hasta que yo muera. A fin de cuentas, no sería el primer hombre que se recupera de algo así.

»"Os contaré cómo murió Morstan —continuó—. Durante años había padecido las consecuencias de tener un corazón enfermo sin decírselo a nadie. Solo yo lo sabía. Durante nuestra estancia en la India, debido a un cúmulo de extraordinarias circunstancias, habíamos entrado en posesión de un magnífico tesoro. Yo lo traje conmigo a Inglaterra y, la misma noche en que regresó a nuestro país, vino a verme para reclamar su parte. Llegó andando desde la estación y mi viejo y fiel Lal Chowdar, ya muerto, le dejó pasar. Morstan y yo no nos poníamos de acuerdo acerca de cómo repartir el tesoro y nos acaloramos. Morstan se había levantado airadamente de su silla cuando de repente se llevó las manos al costado. Su cara palideció rápidamente y cayó hacia atrás, abriéndose la cabeza con el cofre que contenía el tesoro. Al inclinarme sobre él, vi con horror que estaba muerto.

»"Durante mucho rato me quedé sentado, trastornado, intentando pensar qué hacer. Mi primer impulso, por supuesto, fue pedir ayuda. Pero me di cuenta de que sería acusado de haberle asesinado. Había fallecido durante una fuerte discusión y tenía una brecha en la cabeza. Todo apuntaba a mí como su asesino. Además, sería imposible pretender que se realizase una investigación oficial sin que saliese a relucir el tesoro. Y yo estaba ansioso por mantener su existencia en secreto. Él me había dicho que nadie sabía dónde estaba. No parecía haber ningún motivo para que no siguiese siendo así.

»"Estaba reflexionando sobre el asunto todavía, cuando vi a mi criado Lal Chowdar en la puerta. Entró y cerró con llave. 'No tema, *sahib*', dijo, 'nadie tiene por qué saber que usted le ha matado. Escondámosle y, si pueden, que den con él'. 'No le he matado', dije. Lal Chowdar sacudió la cabeza y sonrió. 'Lo he oído todo, *sahib*', contestó. 'Oí la pelea y el golpe que siguió. Pero mis labios están sellados. Todos duermen. Deshagámonos de él.' Esto terminó de decidirme. Si mi propio criado no creía en mi inocencia, ¿qué esperanza tenía de que un jurado compuesto por doce tenderos lo hiciera? Lal Chowdar y yo nos deshicimos del cadáver esa misma noche. A los pocos días todos los periódicos de Londres publicaban la noticia de la misteriosa desaparición del capitán Morstan. Podéis ver que yo no tengo ninguna culpa de lo que sucedió. Solo soy culpable de haber escondido el cuerpo y el tesoro. Y también, de haberme quedado con la parte de Morstan. Pero deseo que vosotros rectifiquéis mi error. Acercad vuestros oídos. El tesoro está escondido en...

»En ese instante su expresión cambió terriblemente; sus ojos quedaron fijos en un punto detrás de nosotros, su mandíbula cayó y, con una voz que jamás olvidaré, empezó a gritar: "¡Que no se acerque a mí! ¡Por Dios, que no se acerque a mí!". Los dos nos giramos para mirar hacia la ventana situada a nuestra espalda, donde tenía fijada la vista. Una cara nos miraba desde el exterior. Podíamos ver cómo la zona de la nariz que estaba aplastada contra el cristal parecía más blanca que el resto de la cara. Era una cara barbada y con mucho vello, ojos crueles, y tenía una expresión de maldad extrema. Mi hermano y yo corrimos a la ventana, pero el hombre había huido. Al regresar junto a mi padre vimos que tenía la cabeza caída y carecía de pulso.

»Esa noche registramos en vano el jardín en busca del intruso. Lo único que encontramos fue la huella de un solo pie en el macizo de flores que había bajo la ventana de mi padre. De no ser por eso, podíamos haber pensado que la feroz cara había sido producto de nuestra imaginación. Sin embargo, pronto tuvimos otra prueba todavía más chocante de que algo misterioso sucedía a nuestro alrededor. A la mañana siguiente la ventana de la habitación de nuestro padre estaba abierta. Todos los cajones y cajas habían sido revueltos y sobre su pecho había una nota en la que alguien había garabateado "La firma de los cuatro". Nunca supimos qué significaba este mensaje ni quién pudo ser el visitante. Aparentemente, quienquiera que fuese, no se llevó nada. Se limitó a revolverlo todo. Como es natural, mi hermano y yo relacionamos este incidente con el miedo que había acosado a mi padre toda su vida, pero aún hoy sigue siendo un completo misterio para nosotros.

El hombrecillo calló para reencender su narguile y dio unas cuantas caladas pensativamente. Durante la breve descripción de la muerte de su padre, la señorita Morstan se puso lívida y pensé que iba a desmayarse. Pero el beber un poco de agua, que le serví discretamente de una botella veneciana que estaba sobre la mesa auxiliar, pareció reponerla. Sherlock Holmes parecía estar muy concentrado. Se recostó en su silla y entrecerró los párpados, ocultando parcialmente el brillo en sus ojos. Al mirarle no pude evitar recordar sus quejas, ese mismo día, sobre la monotonía de la vida. Tenía delante un problema que exigiría hasta la última gota de su sagacidad. Thaddeus Sholto nos miró uno por uno orgulloso del efecto que su relato había causado en nosotros. Dando continuas caladas a su enorme pipa de agua, siguió hablando.

—A mi hermano y a mí —dijo— nos excitó sobremanera, como pueden imaginarse, la declaración que nuestro padre hizo sobre la existencia del tesoro. Durante semanas y meses lo buscamos en vano por todo el jardín. Nos desesperaba saber que el escondite había estado en sus labios justo en el momento de morir. Podíamos imaginar la magnificencia del tesoro solo con mirar el rosario que nuestro padre había sacado de él. Mi hermano Bartholomew y yo tuvimos alguna disputa a causa del rosario. Era evidente que se trataba de perlas de gran valor y él se oponía a separarse de ellas. En confianza, mi hermano ha heredado algo del defecto de mi padre. Él opinaba que si enviábamos el rosario, daríamos pie a rumores y acabaríamos por meternos en un lío. Todo lo que conseguí de él fue que accediese a enviar las perlas una a una a la señorita Morstan a intervalos regulares para que al menos no se hallara nunca en la miseria.

—Fue muy amable por su parte —dijo nuestra amiga sinceramente—, fue usted muy generoso.

El hombrecillo hizo un gesto quitándole importancia al asunto.

—Éramos sus albaceas —replicó él—; al menos, así lo entendí yo. Mi hermano Bartholomew no compartía enteramente esa visión. Nosotros teníamos ya mucho dinero, yo no deseaba más. Además, habría sido de muy mal gusto tratar a una señorita como usted de una forma tan desconsiderada. *Le mauvais goût mène au crime.*[1] Los franceses tienen siempre una manera elegante de decir estas cosas. Nuestra opinión al respecto difería tanto que estimé oportuno mudarme a una casa propia. Así pues, dejé Pondicherry Lodge y me traje conmigo al viejo *khitmutgar* y a Williams. Ayer tuve noticias de un acontecimiento de vital importancia:

1. «El mal gusto conduce al crimen.» Frase del barón de Mareste, inmortalizada por Stendhal (1783-1842). *(N. de la T.)*

Bartholomew había descubierto el tesoro. Al instante, me puse en contacto con la señorita Morstan. Lo único que nos queda por hacer es ponernos en marcha hacia Norwood y reclamar nuestra parte. Le conté mis intenciones a Bartholomew anoche, así que, aunque no seremos bien recibidos, espera nuestra visita.

Thaddeus Sholto dejó de hablar y permaneció sentado, meneándose en su lujoso sofá. Nosotros permanecíamos callados pensando en el nuevo rumbo que tomaba el misterioso asunto. Holmes fue el primero en ponerse en pie.

—Ha hecho usted lo correcto, desde el principio hasta el final —dijo—. Es posible que podamos devolverle el favor arrojando alguna luz sobre la parte del misterio que todavía permanece oscura para usted. Pero, como ha dicho la señorita Morstan hace un momento, ya es tarde, y no deberíamos demorar más la resolución de este asunto.

Nuestro anfitrión enrolló con sumo cuidado el tubo de su narguile y sacó de detrás de una cortina un recargado sobretodo con los puños y el cuello de astracán. A pesar de que la noche era muy calurosa, se lo abrochó hasta arriba y completó el conjunto con un gorro de piel de conejo con orejeras, de manera que lo único que podía verse de su cuerpo era su inquieto y paliducho rostro.

—Mi salud es bastante frágil —dijo al tiempo que nos conducía a lo largo del pasillo—. No tengo más remedio que ser algo hipocondríaco.

Nuestro coche nos esperaba y nuestro destino estaba previsto de antemano, pues el cochero arrancó a toda velocidad en cuanto subimos. Thaddeus Sholto hablaba sin parar y su voz se distinguía perfectamente sobre el traqueteo de las ruedas.

—Bartholomew es un hombre muy inteligente —dijo—. ¿Saben cómo descubrió el escondite del tesoro? Había llegado a la conclusión de que el tesoro debía estar escondido dentro de la casa, así que la midió entera y calculó su volumen sin pasar por alto ni una pulgada. Entre otras cosas, descubrió que el edificio tenía setenta y cuatro pies de altura, mientras que la suma de las habitaciones una a una, teniendo en cuenta el espacio de separación entre ellas, no excedía de setenta pies. Había cuatro pies de diferencia que no había manera de contabilizar. Y debían estar en la parte alta de la casa. Abrió un agujero en la escayola del techo de la habitación más alta y allí descubrió una pequeña buhardilla sellada de cuya existencia nadie tenía noticia. En el centro, y descansando sobre dos vigas, estaba el cofre que contiene el tesoro. Lo sacó por el agujero y allí lo tiene. Ha calculado que el valor de las joyas debe ser por lo menos de medio millón de libras esterlinas.

Esta cifra hizo que nos mirásemos los unos a los otros con los ojos como platos. Si conseguíamos defender sus intereses, la señorita Morstan dejaría de ser una modesta institutriz para convertirse en una de las herederas más ricas de toda Inglaterra. A pesar de que era el momento en el que un amigo debería alegrarse ante una buena noticia como esta, en mi corazón pesaba como una losa. Farfullé unas pocas palabras de felicitación y me hundí en mi asiento, con la barbilla en el pecho y sordo por completo a la perorata de Sholto. Era un hipocondríaco sin remedio, yo solo era parcialmente consciente de la retahíla de síntomas que desgranaba y de sus súplicas acerca de información sobre innumerables remedios milagrosos, algunos de los cuales llevaba dentro de un estuche de piel en el bolsillo. Confío en que no recuerde ninguna de las cosas que le dije, pues Holmes asegura que me oyó prevenirle acerca de los riesgos de tomar más de dos gotas de aceite de castor mientras lo animaba a que tomase grandes dosis de estricnina como medida contra el insomnio. En cualquier caso, me alegré de que llegase el frenazo que detuvo el carruaje y de ver descender al cochero para abrirnos la puerta.

—Esta, señorita Morstan, es Pondicherry Lodge —dijo el señor Sholto mientras le ofrecía su mano para ayudarla a bajar del coche.

5

Tragedia en Pondicherry Lodge

Eran casi las once de la noche cuando llegamos por fin al último escenario de esa noche llena de aventuras. Habíamos dejado atrás la húmeda niebla de la capital y la noche era allí bastante agradable. Soplaba el viento templado del oeste y grandes nubes se desplazaban lentamente por el cielo. Por entre sus jirones, asomaba ocasionalmente una media luna. La luz que daba permitía ver hasta una distancia razonable por delante de nosotros, pero, a pesar de ello, Thaddeus Sholto cogió una de las lámparas laterales del coche para iluminar mejor nuestro camino.

Pondicherry Lodge se erguía dentro de la finca homónima y estaba totalmente rodeada por un alto muro de piedra coronado por trozos de vidrio. La única manera de salvarlo era a través de una estrecha puerta con refuerzos de hierro. Nuestro guía la golpeó con los nudillos según una curiosa secuencia de golpeteos.

—¿Quién anda ahí? —gruñó desde dentro una voz.

49

—Soy yo, McMurdo. Seguro que reconoces mi llamada a estas alturas.

Se oyó un refunfuño y el sonido metálico de unas llaves al chocar unas con otras. La puerta se abrió pesadamente y en el hueco apareció un hombre de baja estatura y ancho pecho. La luz amarillenta de la lámpara brillaba sobre su rostro y sus desconfiados ojos.

—¿Es usted, señor Thaddeus? ¿Quiénes son los demás? El amo no me ha dicho nada sobre los demás.

—¿Cómo que no, McMurdo? ¡Me sorprendes! Le dije a mi hermano anoche que regresaría hoy con unos amigos.

—No ha salido de su habitación en todo el día, señor Thaddeus, y no tengo ninguna orden al respecto. De sobra sabe que debo ceñirme a mis órdenes. Puedo dejarle pasar a usted, pero sus amigos deben quedarse donde están.

Este era un obstáculo con el que no contábamos. Thaddeus Sholto le miró perplejo y desesperado.

—¡No puedes hacerme esto McMurdo! —le dijo—. Debería bastarte con que yo los avale. Además, esta señorita no puede quedarse en la calle a estas horas.

—Lo lamento, señor Thaddeus —contestó impasible el portero—. Esta gente puede ser amiga suya y no serlo del amo. Él me paga muy bien para que cumpla con mi obligación y eso es exactamente lo que haré. No conozco a ninguno de sus amigos.

—Claro que sí, McMurdo —dijo Sherlock Holmes cordialmente—. No creo que me hayas olvidado. ¿Ya no recuerdas al *amateur* que combatió tres asaltos contigo en casa de Alison la noche que ganaste el título hace cuatro años?

—¡No puede ser! ¡Sherlock Holmes! —rugió el campeón—. ¡Por todos los demonios! ¿Cómo no me he dado cuenta? Si en vez de estar ahí de pie, me hubiese soltado uno de esos ganchos suyos a la mandíbula, le hubiese reconocido al instante. Ah, usted ha desperdiciado su talento. Si hubiese querido, podría haber llegado muy alto.

—¿Ve, Watson?, si todo lo demás me falla, todavía me quedará una ocupación científica con la que ganarme la vida —rio Holmes—. Estoy seguro de que nuestro amigo nos dejará pasar ahora.

—Pase, señor, pasen usted y sus amigos —respondió el portero—. Lo lamento, señor Thaddeus, pero las órdenes son muy estrictas. Tenía que estar seguro de sus amigos antes de dejarlos pasar.

En el interior, un camino de grava avanzaba a través de terreno desolado hasta un bloque enorme que era la casa. Simple y cuadrada, sumida en las sombras salvo por la esquina en la que un rayo de luna se reflejaba en una de las ventanas de una buhardilla. La inmensidad de la casa y el sombrío, mortal silencio helaban el corazón. Incluso Thaddeus Sholto parecía estar inquieto. La linterna no dejaba de temblar y oscilar en su mano.

—No lo entiendo —dijo—. Debe haber algún error. Le dije claramente a Bartholomew que vendríamos y no hay ninguna luz en su ventana. No sé qué pensar.

—¿Siempre hace vigilar la casa así? —preguntó Holmes.

—Sí. Ha mantenido la costumbre de mi padre. Él era el hijo favorito. A veces creo que mi padre le contó a él más cosas de las que me contó a mí. La ventana de Bartholomew es esa de ahí arriba que ilumina la luna. Brilla bastante, pero yo diría que la luz no procede del interior.

—No —dijo Holmes—. Pero veo un destello de luz en aquella ventana junto a la puerta.

—Ah, esa es la habitación del ama de llaves. Ahí es donde vive la vieja señora Bernstone. Ella podrá decirnos qué sucede. Si no les molestase esperar aquí un momento... Si vamos todos a la vez y nadie la ha avisado de nuestra visita, podría alarmarse. Un momento, ¡silencio! ¿Qué es eso?

Alzó la linterna. Su mano temblaba tanto que los círculos de luz oscilaban y bailaban a nuestro alrededor. La señorita Morstan agarró mi muñeca con fuerza y allí permanecimos los cuatro, con nuestros corazones palpitando con fuerza y aguzando el oído al máximo. A través de la silenciosa noche, de la gran casa a oscuras, nos llegaba el más triste y lastimero de los sonidos: el estridente y roto gemido de una mujer aterrorizada.

—Es la señora Bernstone —dijo Sholto—. Es la única mujer en la casa. Esperen aquí. Estaré de regreso en un minuto.

Corrió hasta la puerta y llamó a su peculiar manera. Pudimos ver cómo una señora de cierta edad y elevada estatura le dejaba pasar y se movía de un lado a otro a causa de la alegría que sentía al verle.

—Señor Thaddeus, señor, ¡me alegro tanto de que esté aquí! ¡Me alegro tanto de que esté aquí, señor!

Oímos sus repetidas muestras de alegría al verle hasta que la puerta se cerró y la voz se convirtió en un murmullo apagado. Nuestro guía nos había dejado la linterna. Holmes la giró lentamente a nuestro alrededor y observó con detenimiento la casa y los grandes montones de porquería que cubrían el terreno. La señorita Morstan y yo permanecíamos juntos. Su mano estaba en la mía. El amor es un misterio maravilloso y sutil.

Ahí estábamos los dos; nos habíamos visto por primera vez ese día, no habíamos intercambiado ni una sola mirada o palabra de afecto y, sin embargo, en un momento como este, nuestras manos se buscaban instintivamente. Desde entonces me he maravillado al recordarlo, aunque en aquel momento parecía la acción más natural que yo me ofreciese a protegerla, y, como ella me ha dicho varias veces después, algo le hizo buscar mi consuelo y mi protección instintivamente. Así que permanecimos cogidos de la mano y con nuestros corazones serenos a pesar de los oscuros acontecimientos que sucedían a nuestro alrededor.

—¡Qué sitio más extraño! —exclamó, mirando a su alrededor.

—Parece como si hubiesen soltado aquí a todos los topos de Inglaterra. Vi algo parecido en una colina, cerca de Ballarat, en la que habían estado realizando prospecciones.

—El motivo aquí es el mismo —dijo Holmes—. Estas son las huellas dejadas por la búsqueda del tesoro. No olvide que lo han estado buscando durante seis años. No es de extrañar que el suelo parezca una gravera.

En ese momento la puerta de la casa se abrió de repente y Thaddeus Sholto corrió hacia nosotros, con las manos extendidas hacia delante y los ojos llenos de terror.

—¡Algo le ocurre a Bartholomew! —gritó—. Tengo miedo. ¡Mis nervios no lo soportarán!

El miedo le hacía lloriquear y la inquieta y enfermiza cara sobresalía del cuello de astracán, parecía la de un niño indefenso y aterrorizado.

—Entremos en la casa —ordenó Holmes con su seco y firme tono.

—Sí, entremos —suplicó Sholto—. No sirvo para llevar la iniciativa.

Le seguimos hasta la habitación del ama de llaves, que estaba en el lado izquierdo del pasillo. La mujer no dejaba de pasear arriba y abajo. Estaba asustada y no podía dejar de mover los dedos, pero la aparición de la señorita Morstan pareció confortarla.

—¡Dios bendiga su dulce y sereno rostro! —exclamó dejando escapar un sollozo histérico—. Me hace tanto bien el verla... Ha sido un día espantoso para mí.

Nuestra amiga acarició sus delgadas manos, gastadas por el trabajo, y murmuró unas dulces y femeninas palabras de aliento que hicieron volver el color a las hasta ese momento pálidas mejillas.

—El amo se ha encerrado en su habitación y no me responde —explicó—. Llevo todo el día esperando oír alguna señal de él, pues sé que a menudo le apetece estar solo. Hace como una hora, sospeché que algo no marchaba bien, así que subí y miré por el ojo de la cerradura. Debe subir, señor Thaddeus. Debe subir y mirar usted mismo. A lo largo de estos diez años he visto al señor Bartholomew alegre y triste, pero jamás le había visto una expresión así.

Sherlock Holmes cogió la lámpara y se puso en marcha. A Thaddeus Sholto le castañeteaban todos los dientes. Tuve que sostenerle pasando la mano por debajo de su brazo para ayudarle a subir la escalera, pues estaba aterrorizado y le temblaban las rodillas. En dos ocasiones, mientras ascendíamos, Holmes sacó su lupa del bolsillo y examinó detenidamente lo que a mí me dio la impresión de ser informes manchas de polvo en la estera de fibra de coco que hacía las veces de alfombra en la escalera. Avanzaba despacio, peldaño a peldaño, manteniendo la lámpara baja y lanzando penetrantes miradas a derecha e izquierda. La señorita Morstan se había quedado abajo con la asustada ama de llaves.

El tercer tramo de escaleras acababa en un pasillo recto bastante largo, de cuya pared derecha colgaba un enorme tapiz indio. En la pared izquierda había tres puertas. Holmes avanzó a lo largo del pasillo lenta y metódicamente con nosotros dos pegados a sus talones. Nuestras alargadas sombras se proyectaban a nuestra espalda en el pasillo. Nos dirigíamos a la tercera puerta. Holmes llamó a ella sin recibir respuesta y a continuación intentó girar el picaporte para abrirla. Estaba cerrada por dentro y la cerradura, como pudimos comprobar a la luz de la lámpara, era bien robusta. Como la llave estaba girada, algo podía verse a través de la cerradura. Holmes se inclinó para mirar por ella y se irguió casi inmediatamente con una breve inspiración.

—Hay algo demoníaco aquí, Watson —dijo, más impresionado de lo que nunca le había visto hasta ese momento—. ¿Qué opinión le merece esto?

Miré a través del ojo de la cerradura y retrocedí espantado. La luz de la luna se colaba en la habitación y la iluminaba de una manera vaga. Mirándome fijamente y aparentemente suspendido en el aire, pues todo a su alrededor quedaba sumido en las sombras, había un rostro. Un rostro idéntico al de nuestro acompañante Thaddeus Sholto. La misma cabeza alta y brillante, la misma franja de pelo rojo a su alrededor y el mismo pálido semblante. Sin embargo, sus rasgos estaban petrificados en una extraña sonrisa completamente antinatural que a la luz de la luna crispaba más los nervios que cualquier mueca. La cara de la habitación se parecía tanto a la de nuestro pequeño amigo, que me giré para comprobar que seguía con nosotros. Recordé entonces que había mencionado que él y su hermano eran gemelos.

—Esto es terrible —le dije a Holmes—. ¿Qué vamos a hacer?

—Hay que derribar esta puerta —respondió. Se lanzó contra ella apoyando todo su peso contra la cerradura.

Crujió pero no cedió. Nos lanzamos de nuevo juntos contra ella. Esta vez sí cedió y de repente nos encontramos dentro del cuarto de Bartholomew Sholto.

Daba la impresión de que allí dentro se había montado un laboratorio químico. La pared de enfrente de la puerta estaba cubierta por frascos con tapón de cristal y la mesa estaba sepultada bajo mecheros Bunsen, tubos de ensayo y retortas. En las esquinas, dentro de cestas de mimbre, había garrafas de ácido. Aparentemente, una debía haberse roto, pues de ella partía un reguero de una sustancia oscura y el aire estaba impregnado de un olor penetrante que recordaba al alquitrán. En un lateral de la habitación había huellas de pasos entre restos de listones y escayola. Sobre ellos, en el techo, podíamos ver un agujero por el que podía pasar un hombre. Al pie de la escalera había una cuerda, tirada de cualquier manera.

Sentado a la mesa en un sillón de madera estaba el dueño de la casa, más bien espantado y con la cabeza caída sobre el hombro izquierdo y la espantosa e inescrutable sonrisa en su rostro. Estaba frío y rígido y, obviamente, llevaba muerto muchas horas. Me dio la impresión de que no solo sus rasgos, sino también sus extremidades estaban retorcidas y adoptaban una postura poco natural. Sobre la mesa y al lado de su mano había un instrumento muy peculiar: un bastón marrón, de grano fino y con una cabeza de piedra atada a él de manera rudimentaria mediante una cuerda muy basta, como si fuese un martillo. Junto a él había una nota garabateada. Holmes le echó una ojeada y me la pasó.

—Mire —dijo con un significativo alzar de cejas.

A la luz de la lámpara leí con horror: «La firma de los cuatro».

—Por el amor de Dios, ¿qué significa esto? —pregunté.

—Significa muerte —dijo él deteniéndose junto al cadáver—. ¡Ajá!, era de esperar. Mire esto.

Señalaba algo que parecía una espina clavada en la piel justo encima de la oreja.

—Parece una espina —aventuré.

—Es una espina. Retírela si quiere. Pero tenga cuidado: está envenenada.

La cogí entre el índice y el pulgar. Salió con tanta facilidad que apenas dejó una pequeña señal, una diminuta mancha de sangre que indicaba dónde se había clavado.

—Esto es un completo misterio para mí —dije—. No solo no se aclara, sino que cada vez se complica más.

—Al contrario —respondió Holmes—, se aclara por momentos. Solo necesito un par de pistas más y lo tendré completamente resuelto.

Habíamos olvidado la presencia de nuestro acompañante desde que entramos en el cuarto. Seguía en la puerta, la viva estampa del terror, retorciéndose las manos y gimiendo. De repente, dejó escapar un lastimero quejido.

—¡El tesoro no está! —dijo—. ¡Le han robado el tesoro! Este es el agujero por el que lo bajamos. Yo le ayudé a hacerlo. ¡Soy la última persona que le vio con vida! Le dejé aquí anoche y le oí cerrar con llave mientras bajaba por la escalera.

—¿A qué hora fue eso?

—Eran las diez en punto. Y ahora está muerto y habrá que llamar a la policía y me acusarán de haber tenido algo que ver. Estoy seguro. Ustedes no creerán eso, ¿verdad? No les habría traído hasta aquí si lo hubiese hecho yo, ¿no creen? ¡Dios mío, Dios mío! Me volveré loco, lo sé.

Pataleaba y braceaba convulsivamente.

—No tiene de qué preocuparse, señor Sholto —dijo Holmes amablemente cogiéndole por el hombro—; hágame caso, suba al carruaje, vaya a la comisaría e informe de este asunto. Póngase a su entera disposición para lo que necesiten. Esperaremos aquí hasta que usted regrese.

El hombrecillo le obedeció medio inconscientemente y le oímos trastabillar escaleras abajo en la oscuridad.

6

Holmes da un recital

—Bien, Watson —dijo Holmes frotándose las manos—. Tenemos media hora a nuestra disposición. No la desperdiciemos. Como ya le he dicho, tengo el caso prácticamente resuelto, pero no debemos pecar de exceso de confianza. A pesar de lo simple que resulta todo ahora, podríamos estar pasando algo por alto.

—¡Simple! —exclamé.

—Del todo —dijo él con el tono que un profesor emplearía al explicar una lección en clase—. Siéntese en aquel rincón, para que sus huellas no puedan complicar las cosas. ¡Al trabajo! En primer lugar, ¿cómo entraron y cómo salieron de aquí? Nadie ha abierto la puerta desde anoche. ¿Por la ventana? —acercó la lámpara a la ventana mientras seguía hablando, más bien para sí mismo que conmigo—. La ventana está cerrada por dentro. El marco es resistente y no tiene bisagras en los laterales. Abrámosla. Ninguna cañería próxima a ella. Tejado bastante alejado. Y sin embargo, un hombre ha entrado por la ventana. Anoche llovió un poco. Aquí tenemos una huella de barro en el alféizar. Y aquí una marca circular y aquí otra en el suelo, y otra de nuevo junto a la mesa. Mire aquí, Watson. Esto parece un desfile.

Miré marcas de barro las circulares, perfectamente definidas.

—Eso no es la huella de un pie —objeté.

—Es algo mucho más importante para nosotros. Es la marca dejada por una pata de palo. En el alféizar puede ver la huella dejada por una bota pesada y con tacón metálico. Y a su lado está la huella dejada por el muñón de madera.

—El hombre con una pata de palo.

—Muy probablemente. Pero aquí ha estado alguien más, un aliado muy ágil y muy eficiente. ¿Podría usted trepar por esta pared, doctor?

Miré a través de la ventana abierta. La luna seguía iluminando aquella esquina de la casa. Estábamos a unos setenta pies de altura sobre el suelo y, por más que miré, no descubrí ningún asidero ni punto de apoyo, ni siquiera una grieta en el enladrillado.

—Es del todo imposible —declaré.

—Sin ayuda, desde luego. Pero imagine que un buen amigo desde aquí arriba le lanza esta resistente cuerda que tenemos allí en la esquina y asegura uno de los extremos en aquel gancho de la pared. En ese caso creo que, con pata de palo y todo, un hombre medianamente en forma podría subir hasta aquí. Saldría, naturalmente, de la misma manera. Su cómplice recogería la cuerda, la desataría del gancho de la pared, cerraría la ventana, echaría el pasador interno y saldría por el mismo sitio por el que entró. Y como detalle de poca relevancia —continuó Holmes— señalaría que nuestro amigo de la pata de palo, a pesar de ser buen escalador, desde luego no es un curtido marinero y sus manos están lejos de ser callosas. He podido observar con mi lupa más de una mancha de sangre a lo largo de la cuerda, sobre todo hacia el extremo, en la zona donde con seguridad se deslizaba más deprisa y la cuerda le quemó la piel.

—Todo eso está muy bien —repliqué yo—, pero el asunto se complica más que nunca. ¿Qué pasa con este misterioso aliado? ¿Cómo entró él en la habitación?

—Sí, el aliado —repitió Holmes pensativamente—. Muchos detalles interesantes rodean a este aliado. Gracias a él este caso deja de ser trivial. Creo que este aliado es una novedad en los anales del crimen, por lo que respecta a este país. Aunque existen ciertos paralelismos con otros casos en la India y, si no me falla la memoria, en Senegambia.

—Pero ¿cómo entró, entonces? —insistí—. La puerta estaba cerrada por dentro, la ventana resulta inaccesible. ¿A través de la chimenea?

—El hogar es demasiado pequeño —respondió—. Ya había considerado esa posibilidad.

—Y entonces, ¿cómo entró? —insistí nuevamente.

—No hay manera de que aplique usted mis métodos —dijo Holmes sacudiendo la cabeza—. ¿Cuántas veces habré de decirle que una vez que elimine todo lo que sea imposible, lo que quede, por improbable que parezca, habrá de ser necesariamente la verdad? Sabemos que no entró por la puerta, la ventana o la chimenea. Sabemos también que no pudo esperar escondido en la habitación porque no hay escondite posible. Por tanto, ¿por dónde entró?

—¡Entró por el techo! —exclamé.

—Naturalmente. No hay alternativa. Si fuese usted tan amable de sostener la lámpara..., nuestro deber ahora es explorar la habitación de arriba: el escondite en el que se encontró el tesoro.

Subió por la escalera y, agarrando una viga con cada mano, se impulsó dentro del agujero hasta la buhardilla. Una vez estuvo dentro, se tumbó boca abajo y sostuvo la lámpara para que yo pudiera seguirle.

La cámara en la que nos encontrábamos tenía unos diez pies en una dirección y seis en la otra. El suelo lo formaban las vigas y, entre ellas, listones de madera y yeso, de manera que para caminar por allí había que saltar de viga a viga. El techo se levantaba hasta un vértice que debía coincidir, evidentemente, con la estructura interna del auténtico techo de la casa. No había muebles de ningún tipo y el polvo de años se acumulaba sobre el suelo.

—Aquí lo tiene —dijo Sherlock Holmes, apoyando una mano sobre la inclinada pared—. Esta es la trampilla que comunica con el tejado. Si tiro de ella, llego al tejado. Inclinado, pero con una pendiente poco pronunciada. Por aquí entró «Número Uno». Veamos si podemos encontrar alguna otra muestra de su singularidad.

Acercó la lámpara al suelo y, mientras lo hacía, vi, por segunda vez aquella noche, una expresión de sorpresa y asombro en su rostro. Por lo que concierne a mí mismo, mi sangre se heló al seguir su mirada. El suelo estaba cubierto por pisadas de pies descalzos. Huellas claras y definidas de pies sin mácula, pero que asustaban por su tamaño, que apenas era la mitad del de un hombre normal.

—Holmes —susurré—, este crimen horrible ha sido obra de un niño.

Él ya había vuelto a ser el de siempre.

—Por un momento no supe qué pensar —dijo—, pero la cosa está clara. O mucho me equivoco, o debería haber sido capaz de predecirlo. Ya no queda nada por hacer aquí. Bajemos.

—¿Cuál es entonces su teoría respecto a esas huellas? —pregunté ansioso tan pronto regresamos de nuevo a la habitación inferior.

—Mi querido Watson, intente hacer algo de análisis por su cuenta —respondió con algo de impaciencia en la voz—. Usted conoce mis métodos. Aplíquelos. Sería interesante poder comparar resultados.

—No soy capaz de imaginar nada que explique todos los hechos —respondí.

—Todo le resultará muy claro en breve —dijo de manera brusca—. Creo que ya no queda nada importante aquí, pero echaré una mirada.

Sacó su lupa y una cinta métrica y se desplazó de rodillas por toda la habitación midiendo, comparando y examinando, con su afilada nariz a pocas pulgadas del suelo. Sus ojos brillaban y miraban con profundidad como los de un pájaro. Se movía con tanta rapidez y, al mismo tiempo, de una manera tan queda y furtiva que no pude evitar pensar el terrible criminal que habría podido llegar a ser si su sagacidad y energía hubiesen trabajado en contra de la ley en vez de en su defensa. Parecía un perro de presa siguiendo un rastro. Mientras continuaba su rastreo, seguía murmurando para sí, hasta que finalmente soltó un grito de alegría.

—Estamos ciertamente de enhorabuena —dijo—. No deberíamos tener ya ningún problema. «Número

Uno» ha tenido la mala suerte de pisar la creosota. Mire, aquí puede ver el contorno lateral de su pequeño pie dibujado en esta cosa de olor endemoniado. La garrafa se rompió y el líquido escapó.

—¿Y qué? —pregunté.

—Pues que ya le tenemos, eso es todo —dijo él—. Sé de un perro que seguiría ese rastro hasta el fin del mundo. Si una jauría puede rastrear un arenque a través de un condado, qué no conseguirá un perro especialmente entrenado si el rastro lo deja un olor tan penetrante como este. Es tan obvio como que dos y dos son cuatro. Él nos conducirá a..., ¡vaya! Aquí tenemos a los representantes oficiales de la ley.

Procedentes del piso inferior nos llegaron el sonido de pasos pesados y el clamor de voces, y la puerta principal se cerró de un portazo.

—Antes de que lleguen —dijo Holmes—, toque el brazo y la pierna de este desdichado. ¿Qué nota?

—Sus músculos están duros como piedras —respondí.

—Efectivamente. Están en un estado de contracción extrema, mucho más allá del *rigor mortis* habitual. Si a esto le suma la distorsión de sus rasgos, esa sonrisa hipocrática o, como la llamaban los antiguos, *risus sardonicus*, ¿a qué conclusión llega?

—Murió envenenado por la acción de un potente alcaloide vegetal —respondí—, alguna sustancia de la familia de la estricnina que produzca tétanos.

—Eso fue lo primero que pensé en cuanto vi el agarrotamiento de sus músculos faciales. Nada más entrar en la habitación busqué la vía de entrada del veneno al organismo. Como usted vio, descubrí una espina que había sido clavada o disparada sin mucha fuerza en el cuero cabelludo. Observe que la zona donde se clavó es la que queda directamente expuesta hacia el agujero que conduce a la buhardilla cuando se está sentado erguido en esta silla. Examinemos ahora la espina.

Lo cogí cuidadosamente y lo sostuve a la luz de la linterna. Era largo, afilado y negro. Su extremo parecía estar cubierto de cristal, como si una sustancia pegajosa se hubiese secado sobre él. El extremo romo había sido cortado y redondeado con un cuchillo.

—¿Es esta una espina inglesa? —pregunté.

—Ciertamente no lo es.

—Con todos los datos que obran en su poder está en condiciones de sacar alguna conclusión. Pero aquí llega la fuerza oficial. Los ayudantes debemos retirarnos.

Mientras hablaba, los pasos se habían ido aproximando a nosotros de manera ruidosa por el pasillo. Un hombre corpulento vestido con un traje gris entró pesadamente en la habitación. Tenía el rostro rojo, fornido y pletórico, con un par de pequeños ojos centelleantes que lanzaban miradas penetrantes desde el fondo de unas bolsas hinchadas. Le seguía un inspector de uniforme y el todavía tembloroso Thaddeus Sholto.

—¡Menudo lío! —exclamó con voz ronca y sorda—. ¡Menudo lío! ¿Quiénes son estos? Esta casa parece estar llena como una madriguera.

—Estoy seguro de que me recuerda, señor Athelney Jones —dijo Holmes sosegadamente.

—¡Claro que le recuerdo! —silbó él—. Es el señor Sherlock Holmes, el teórico. ¡Recordarle! Jamás olvidaré su clase sobre causas, efectos y deducciones en el caso del joyero de Bishopsgate. Cierto es que usted nos puso sobre la pista adecuada, pero usted mismo reconocerá que se debió más a la buena suerte que a un hecho deliberado.

—Se trató de simple deducción lógica.

—Vamos, vamos. Nunca se avergüence de reconocer la verdad. Pero ¿qué es todo esto? Mal asunto, mal asunto. Hechos muy serios, no queda lugar aquí para teorías. Menos mal que estaba en Norwood por otro asunto. Estaba en comisaría cuando llegó el aviso. ¿Cómo cree que murió este hombre?

—Oh, este asunto no da pie a que yo teorice al respecto —contestó Holmes secamente.

—No, no. No se puede negar que, ocasionalmente, da usted en el clavo. Caramba, la puerta estaba cerrada, parece ser. Faltan joyas por valor de medio millón de libras esterlinas. ¿La ventana?

—Cerrada por dentro. Pero hay pisadas en el alféizar.

—Bien, bien. Si estaba cerrada por dentro, puede que las pisadas no signifiquen nada. Eso es de sentido común. Este hombre puede haber muerto de un ataque. Pero faltan las joyas. Tengo una teoría. Estos momentos de inspiración me vienen a veces. Salgan, por favor, usted, sargento, y el señor Sholto; su amigo puede quedarse. ¿Qué le parece esto, Holmes? Según su propia confesión, Sholto estuvo con su hermano la noche pasada. El hermano muere de un ataque y Sholto se lleva las joyas, ¿qué le parece?

—Pues que resulta extraordinario que el cadáver se levante y cierre la puerta por dentro.

—¡Hum! Sí, eso es un fallo. Apliquemos sentido común a este asunto. Thaddeus Sholto estaba con su hermano. Discutieron. Eso lo sabemos. El hermano está muerto y las joyas no están. Nadie ha visto al hermano desde que Thaddeus le dejó. Nadie ha dormido en su cama. Thaddeus está, de manera más que evidente, fuera de sí. Su aspecto no es, cómo decirlo, muy atractivo. Como verá, estoy tejiendo mi red alrededor de Thaddeus. Y empieza a acercarse a él.

—Todavía le queda familiarizarse con los hechos —dijo Holmes—. Esta astilla de madera, que todos los indicios apuntan a que está envenenada, estaba en el cuero cabelludo del cadáver. Todavía puede ver la señal. Y esta nota, escrita tal como puede ver, estaba sobre la mesa junto a este curioso instrumento de cabeza de piedra. ¿Cómo encaja todo esto en su teoría?

—La confirma punto por punto —dijo el grueso detective pomposamente—. La casa está llena de recuerdos indios. Thaddeus trajo esto y si esta astilla está envenenada, Thaddeus puede hacer un uso tan delictivo de ella como cualquier otro hombre. Esta tarjeta está aquí para despistar. Lo único que queda por determinar es cómo salió. Ah, claro, el agujero en el techo.

Y dando muestra de una gran agilidad, teniendo en cuenta su gran volumen, subió los escalones y se introdujo con esfuerzo por el boquete que conducía a la buhardilla. Justo después le oímos proclamar exultante que había descubierto la trampilla.

—Es capaz de encontrar algunas cosas —puntualizó Holmes encogiéndose de hombros—; de cuando en cuando tiene auténticos destellos de sentido común. *Il n'y a pas des sots si incommodes que ceux qui ont de l'esprit!*[1]

---

1. «No hay nada tan molesto como un tonto ingenioso.» Sentencia de las *Máximas*, de François de La Rochefoucauld (1613-1680). *(N. de la T.)*

—¿Lo ve? —dijo Athelney Jones apareciendo nuevamente escaleras abajo—. Los hechos son mejores que cualquier teoría. Mi punto de vista acerca de este caso se confirma. Una trampilla comunica con el tejado y está parcialmente abierta.

—Yo la abrí.

—¿Sí? ¿También la vio usted? —parecía algo decepcionado al saberlo—. Bien, independientemente de quién la haya visto, corrobora que nuestro hombre salió por allí. ¡Inspector!

—¿Sí, señor? —se oyó desde el pasillo.

—Dígale al señor Sholto que entre... Señor Sholto, debo informarle de que cualquier cosa que diga podrá ser usada en contra suya. En nombre de su majestad la reina, queda usted detenido por el asesinato de su hermano.

—¡Lo sabía! Se lo dije a ustedes —gimió el hombrecillo extendiendo sus brazos hacia nosotros mientras nos miraba a uno y otro.

—No se preocupe, señor Sholto —dijo Holmes—. Puedo demostrar que usted es inocente.

—No prometa demasiado, señor Don Teórico. No prometa demasiado —ladró el detective—. Es posible que le resulte más difícil de lo que imagina.

—No solo limpiaré el nombre del señor Sholto, Jones, sino que le obsequiaré con el nombre y una descripción de una de las dos personas que estuvieron anoche en esta habitación. Tengo muchos motivos para pensar que se llama Jonathan Small. Es un hombre casi sin estudios, pequeño, inquieto. Le falta la pierna derecha y lleva una pata de palo a la que le falta un pedazo en el lateral interno. La suela de su bota izquierda es más bien cuadrada por la puntera y basta. Y lleva una tira metálica alrededor del tacón. Es un hombre de mediana edad, tiene la piel muy tostada por el sol y ha estado en prisión. Estos pocos datos, junto con el detalle de que tiene las palmas de las manos heridas, deberían serle útiles. El otro hombre...

—Vaya, ¿el otro hombre? —preguntó Athelney Jones burlón, aunque me di cuenta de que no era capaz de disimular su asombro frente a la seguridad del otro.

—Es una persona muy interesante —dijo Sherlock Holmes girando sobre sus talones—. Espero poder presentarle a ambos muy pronto. Venga un momento, Watson.

Me llevó hasta la escalera.

—Este hecho inesperado nos ha hecho olvidar el objetivo inicial de nuestro viaje.

—Estaba pensando en ello —respondí—, no es apropiado que la señorita Morstan siga en esta casa desolada.

—No. Llévela a su casa. Vive con la señora Cecil Forrester en Lower Camberwell, no queda muy lejos. Le esperaré aquí si no le importa regresar aquí, ¿o está usted demasiado cansado?

—En absoluto. No podré descansar hasta que sepa más cosas sobre este fantástico asunto. He tenido contacto con aspectos desagradables de la vida, pero le confieso que la rápida sucesión de extrañas sorpresas de esta noche me ha alterado los nervios. Sin embargo, me encantaría estar a su lado mientras resuelve este asunto, ya que he llegado hasta aquí.

Su presencia me será de gran ayuda —respondió—. Trabajaremos de manera independiente y dejaremos que este tipo, Jones, se entretenga con cualquiera de las fantasías que él mismo imagine. Una vez haya dejado a la señorita Morstan en casa, vaya por favor al número 3 de Pinchin Lane, cerca de la orilla del río en Lambeth. La tercera casa en la acera de la derecha es la de un taxidermista de pájaros. Se llama Sherman. En la ventana hay una comadreja que sostiene a un pequeño conejo. Despiértele y ruéguele de mi parte que le deje a Toby al instante. Y de regreso, traiga a Toby con usted en el coche.

—Un perro, imagino.

—Sí, un extraño perro callejero con el olfato más asombroso que pueda imaginar. Prefiero la ayuda de Toby que la de todos los detectives de Londres juntos.

—En ese caso lo traeré conmigo —dije—. Es la una. Si consigo un caballo de refresco, debería haber regresado hacia las tres.

—Y yo —dijo Holmes— veré qué información puedo obtener de la señora Bernstone y del criado indio, que por lo que dice el señor Thaddeus duerme en la buhardilla contigua. Y a continuación, estudiaré los métodos del gran Jones y escucharé sus poco sutiles sarcasmos.

Wir sind gewohnt dass die Menschen werhöhnen was sie nicht verstehen.[2]

—Goethe, siempre tan conciso.

2. «Nos hemos acostumbrado a que los hombres se mofen de lo que no son capaces de comprender.» Del monólogo de Fausto en *Fausto*, de Goethe (1749-1832). *(N. de la T.)*

7

El episodio del barril

La policía había llegado en un carruaje y este fue el que yo utilicé para acompañar a la señorita Morstan hasta su casa. Mientras había tenido que ocuparse de alguien más débil que ella, había permanecido plácida y radiante. Y así la había encontrado al lado de la asustada ama de llaves. Parecía más un ángel que una mujer. Sin embargo, una vez estuvimos dentro del carruaje, se desmayó y a continuación tuvo una crisis de llanto, demostrando lo mucho que le habían afectado los sucesos de esa noche. Siempre me ha dicho que mi comportamiento durante ese trayecto me hizo parecer frío y distante a sus ojos. Ella no podía saber la lucha que libraba contra mí mismo en mi pecho. Ni cómo me esforzaba por controlarme. Toda mi compasión y mi amor se dirigían hacia ella, como había hecho mi mano en el jardín. Sentí que ese extraño día me había dado a conocer su dulce y valiente carácter mucho más que largos años de vida en común. Y sin embargo, dos cosas sellaban mis labios a cualquier palabra de afecto. Ella estaba cansada, desamparada y con los nervios deshechos. No hubiese sido ético aprovechar su situación y hablarle de amor en aquellos momentos. Y todavía peor: era rica. Si las investigaciones de Holmes eran satisfactorias, se convertiría en una rica heredera. ¿Era noble, digno por mi parte, un cirujano mal pagado, atreverme a intimar con ella aprovechándome de la situación en la que nos encontrábamos? ¿No era acaso muy posible que ella pensase que yo era un simple cazadotes? Bajo ninguna circunstancia estaba dispuesto a arriesgarme a que esa idea cruzase por su mente. El tesoro de Agra se había convertido en una barrera infranqueable entre los dos.

Eran ya casi las dos cuando llegamos a casa de la señora Cecil Forrester. Hacía horas que los criados se habían acostado, pero la señora Forrester había quedado tan intrigada a resultas del extraño mensaje que la señorita Morstan había recibido, que había permanecido levantada esperando su regreso. Ella misma nos abrió la puerta. Era una mujer de mediana edad, bastante agraciada. Me alegró ver cómo recibía maternalmente a la otra mujer y pasaba tiernamente el brazo alrededor de su cintura. Era evidente que no solo era una empleada, sino además una amiga querida. La señorita Morstan me presentó y la señora Forrester me pidió sinceramente que pasase y le explicase lo sucedido. Le conté la importancia de la misión encomendada por Holmes y le prometí regresar y detallarle los progresos que hubiésemos conseguido en la resolución del caso. Mientras me marchaba miré hacia atrás y las vi, dos gráciles figuras abrazadas, la puerta medio abierta, la luz del vestíbulo brillando a través de la vidriera, el barómetro y las relucientes varillas que sujetaban la alfombra a la escalera.

Era confortante, en medio de la rudeza de la aventura en la que nos encontrábamos inmersos, capturar aunque fuese brevemente la imagen de un tranquilo hogar inglés.

Y cuanto más vueltas le daba a lo que había sucedido, más oscuro y misterioso se volvía todo. Reviví la extraña sucesión de hechos mientras el coche avanzaba por las silenciosas calles que las farolas de gas iluminaban. Al menos el problema original estaba claro ahora. La muerte del capitán Morstan, el envío de las perlas, el anuncio en el periódico, la carta..., eso ya no era un misterio. Pero estos hechos nos habían conducido a un misterio todavía más oscuro. El tesoro indio, el extraño plano encontrado entre el equipaje de Morstan, las extrañas circunstancias en las que murió el mayor Sholto, el tesoro redescubierto y la inmediata muerte de su descubridor, los misteriosos hechos que acompañaban a este crimen, las huellas, la curiosa arma utilizada, las palabras en la nota, idénticas a las halladas en el mapa del capitán Morstan... Todo esto constituía un misterio de tales proporciones que cualquier otro ser humano que no fuese mi poco corriente compañero de alojamiento jamás conseguiría desentrañar.

Pinchin Lane era una callejuela a lo largo de la que se alineaban edificios de ladrillo de dos plantas en el barrio más pobre de Lambeth. Tuve que llamar durante un buen rato a la puerta del número 3 antes de obtener respuesta alguna. Por fin, vi el resplandor de una vela tras las contraventanas y una cara que me miraba desde una de las ventanas superiores.

—Largo de aquí, borracho —dijo la cara—. Si sigues armando escándalo, abriré las perreras y te azuzaré a los cuarenta y tres perros.

—Si fuese tan amable de dejar salir solo uno de ellos; eso es lo que me ha traído hasta aquí —respondí.

—¡Largo de aquí! —gritó la voz—. Por Dios que tengo un limpiaventanas en esta bolsa y te lo lanzaré a la cabeza si no te largas.

—Quiero un perro —exclamé.

—No voy a discutir más —gritó el señor Sherman—. Entérate bien; a la de tres te tiro el limpiaventanas.

—El señor Sherlock Holmes —empecé a decir; pero las palabras tuvieron un efecto mágico, pues la ventana se cerró inmediatamente y, en menos de un minuto, descorrió el cerrojo y me abrió la puerta. El señor Sherman era un hombre larguirucho y delgado, de hombros caídos y cuello arrugado, que llevaba gafas de cristales azules.

—Un amigo del señor Holmes es siempre bienvenido en esta casa —dijo—. Pase, señor. Ojo con el tejón, que muerde. Eres malo, ¿te gustaría morder al caballero, eh? —Esto se lo decía a un armiño que lanzaba su horrible cabeza de ojos rojos por entre los barrotes de su jaula—. No se preocupe por eso, señor; es simplemente un gusano gordo: no tiene colmillos. Lo dejo suelto de cuando en cuando porque mantiene los escarabajos a raya. Perdone que haya sido un poco brusco al principio. Los niños me dan mucho la lata y más de un gamberro viene hasta aquí únicamente a despertarme. ¿Qué es lo que desea el señor Holmes, señor?

—Necesita uno de sus perros.

—Ajá, entonces debe ser Toby.

—Sí, ese fue el nombre que dijo.

—Toby vive en el número siete de la izquierda.

Avanzó despacio con su vela por entre la extraña

familia de animales que había reunido a su alrededor. Bajo aquella débil luz y entre las sombras que provocaba, pude ver vagamente los brillantes ojos que nos observaban desde cada rincón. Incluso las vigas sobre nuestras cabezas estaban habitadas por aves que pasaban perezosamente el peso de sus cuerpos de una pata a otra mientras nuestras voces perturbaban su reposo.

Toby resultó ser una criatura fea, de pelo largo y orejas cortas. Medio spaniel, medio perro de caza, marrón y blanco, y con torpes andares de pato. Después de algunas dudas, aceptó el terrón de azúcar que me había dado el viejo naturalista y así sellamos nuestra amistad. Me siguió hasta el carruaje y no puso reparos a venirse conmigo. Sonaban las tres en el reloj de palacio cuando estaba de regreso en Pondicherry Lodge. Descubrí que el excampeón de boxeo había sido arrestado como cómplice en el delito y que tanto él como el señor Sholto estaban en comisaría. Había dos policías apostados en la puerta, pero me dejaron pasar con el perro en cuanto mencioné el nombre del detective.

Sherlock Holmes estaba de pie sobre los escalones, con las manos en los bolsillos y fumando su pipa.

—¡Bien, lo trae con usted! —dijo—. ¡Buen perro! Athelney Jones se ha marchado. Hemos vivido un gran despliegue de actividad mientras usted no ha estado aquí. No solo ha arrestado a nuestro amigo Thaddeus, sino también al portero, al ama de llaves y al criado indio. Tenemos este lugar a nuestra disposición, salvo por un guardia que está arriba. Deje aquí al perro y venga arriba conmigo.

Atamos a Toby a la mesa del recibidor y subimos una vez más las escaleras. La habitación estaba tal como la habíamos dejado; con la excepción de que una sábana cubría ahora a la figura central. Un policía de aspecto cansado se apoyaba en el rincón.

—Présteme su linterna, sargento —dijo mi compañero—. Ate este cordel a mi cuello de manera que quede colgando por delante de mí. Gracias. Debo quitarme los zapatos y los calcetines. Espéreme abajo con ellos, Watson. Voy a escalar un poco y a mojar mi pañuelo en la creosota. Eso bastará. Pero suba un momento conmigo a la buhardilla.

Pasamos a través del agujero. Holmes iluminó de nuevo las huellas que había en el polvo.

—Me gustaría que se fijase en estas huellas —dijo Holmes—. ¿Hay algo en ellas que le llame especialmente la atención?

—Pertenecen —contesté— a una mujer o a un niño.

—Aparte de su tamaño, ¿no hay nada más que le llame la atención?

—Son huellas normales y corrientes.

—En absoluto. Mire, esta corresponde a un pie derecho. Dejaré impresa a su lado una huella con mi pie derecho. ¿Cuál es la mayor diferencia entre ellas?

—Los dedos de su pie están todos juntos. En la otra huella los dedos están perfectamente diferenciados unos de otros.

—Efectivamente. Ese es el quid de la cuestión. No olvide este detalle. ¿Sería tan amable de acercarse a la ventana batiente y oler el marco? Sostendré aquí abajo este pañuelo mientras le espero.

Hice lo que me pidió e inmediatamente sentí el fuerte olor a alquitrán.

—Ahí es donde pisó al salir. Si usted ha sido capaz de percibirlo, dudo que Toby tenga la menor dificultad en seguir el rastro. Corra abajo, suelte al perro y no se pierda la actuación de Blondin.[1]

Para cuando conseguí salir de la casa, Sherlock Holmes estaba ya en el tejado. Parecía una enorme luciérnaga mientras gateaba lentamente a lo largo del caballete. Desapareció de mi vista tras un grupo de chimeneas, para reaparecer de nuevo y finalmente desaparecer por el otro lado. Cuando conseguí llegar a donde él estaba, le encontré sentado en uno de los aleros de la esquina.

—Watson, ¿es usted? —gritó.

—Sí.

—Este es el lugar. ¿Qué es eso negro de ahí abajo?

—Es un barril de agua.

—¿Tiene la tapa puesta?

—Sí.

—¿Hay alguna escalera por ahí?

—No.

—¡Maldito sea este tipo! Es de lo más sencillo abrirse la crisma en este sitio. Debería ser capaz de bajar por donde él fue capaz de subir. La cañería parece bien sujeta. Allá voy de todas formas.

Se oyó el roce de unos pies y la linterna comenzó a descender a ritmo constante por la pared. De un pequeño salto, pasó al barril y de ahí al suelo.

—Ha sido sencillo seguirle —dijo poniéndose sus calcetines y zapatos—. La tejas están sueltas por donde pasó y con las prisas perdió esto. Como diría un médico, esto confirma mi diagnóstico.

---

1. Charles Blondin (1824-1897) fue un funámbulo francés que en 1859 cruzó las cataratas del Niágara (en la frontera entre Estados Unidos y Canadá) sobre una cuerda. (N. de la E.)

El objeto que me mostraba era una pequeña bolsa o monedero hecho de hierbas teñidas y tejidas entre sí y con unas vulgares cuentas ensartadas. Su forma y tamaño recordaban las de una pitillera. Contenía media docena de astillas, afiladas por un extremo y redondeadas por el otro, iguales a la que había alcanzado a Bartholomew Sholto.

—Son realmente peligrosas —dijo Holmes—. Tenga cuidado de no pincharse con una. Me alegro de haberlas encontrado, pues lo más probable es que sean las únicas de las que dispone. Tenemos menos posibilidades de encontrarnos con una clavada en nuestro cuerpo. Personalmente, prefiero enfrentarme a una bala de un Martini.[2] ¿Se siente con fuerzas para caminar unas seis millas, Watson?

—Desde luego —respondí.

—¿Lo soportará su pierna?

—Sí.

—¡Estás aquí, perrito! Hola, Toby, ¡buen perro! Huele, huele.

Puso el pañuelo impregnado de creosota bajo la nariz del perro. Aquella extraña criatura se mantenía de pie, con sus peludas patas separadas y una cómica cresta en la parte superior de la cabeza. Parecía un catador de vinos apreciando el *bouquet* de una buena cosecha. Holmes lanzó el pañuelo lejos, ató una cuerda resistente al collar del chucho y lo llevó al pie del barril de agua. El animal empezó inmediatamente a emitir una serie de nerviosos y agudos aullidos, clavó la nariz en el suelo y, con la cola bien erguida, se puso en mar-

2. El Martini-Henry fue el fusil más usado por la infantería británica de finales del xix. (*N. de la E.*)

cha siguiendo el rastro a una velocidad que tensaba su correa y nos hizo correr detrás de él.

Había empezado a clarear por el este y la fría luz gris nos permitía ver a alguna distancia por delante de nosotros. La gran casa cuadrada, triste y desolada, con sus negras y vacías ventanas y sus altas y desnudas paredes, dominaba el espacio que quedaba a nuestras espaldas. Recorrimos el jardín atravesando las zanjas abiertas en él, que se entrecruzaban. Aquel lugar, lleno de montículos y matorrales sin cuidar, tenía un aspecto siniestro y maldito que encajaba perfectamente con la tragedia que se desarrollaba en él.

Al llegar a la tapia que delimitaba la propiedad, Toby corrió gimoteando ansiosamente a lo largo de ella y se detuvo finalmente en una esquina que quedaba oculta tras una haya. En el punto donde se unían las dos paredes faltaban varios ladrillos y los bordes del hueco estaban redondeados y gastados, como si hubiese sido utilizado con frecuencia. Holmes trepó a la pared y, cogiendo al perro, que yo le alcanzaba, lo pasó al otro lado.

—Ahí está una señal dejada por la mano del hombre de la pata de palo —me indicó mientras yo trepaba tras él—. Observe la pequeña mancha de sangre en el yeso blanco. Hemos tenido suerte de que no haya llovido intensamente desde ayer. El rastro seguirá fresco en la calle a pesar de nuestras veintiocho horas de retraso.

Confieso que yo tenía mis dudas al respecto al considerar el denso tráfico que las calles de Londres habían soportado en ese intervalo. Sin embargo, mis temores se disiparon rápidamente. Toby jamás dudó ni se desvió bruscamente de su camino: siguió avanzando con sus peculiares andares de pato. Era obvio que el penetrante olor de la creosota se elevaba con claridad sobre todos los demás.

—No crea —dijo Holmes— que mi éxito en resolver este asunto depende exclusivamente del hecho accidental de que uno de estos tipos haya pisado la creosota. Tengo ya conocimientos suficientes para llegar hasta ellos a través de distintas vías. Pero esta es la más rápida y, ya que la fortuna nos la ha traído a las manos, no puedo desperdiciarla. La lástima es que por su culpa este caso ha dejado de ser el pequeño reto intelectual que prometía ser en un principio. Habría tenido algún mérito resolverlo antes, pero ahora esto es una pista demasiado tangible.

—Tendrá mérito para dar y tomar —repliqué—. Le aseguro que me maravilla cómo ha conseguido llegar a sus conclusiones en este caso. Más incluso que cuando resolvió el caso de Jefferson Hope. A mí me parece un problema más complejo e inexplicable. Por ejemplo, ¿cómo pudo describir con tanto detalle al hombre de la pata de palo?

—¡Bah, señor mío! Es de lo más fácil. No quiero ser teatral; todo ello es demasiado obvio. Dos oficiales al mando de una colonia penitenciaria se enteran de la existencia de un tesoro escondido. Un inglés de nombre Jonathan Small les dibuja un mapa. Recordará que vimos el nombre escrito en el mapa que se encontraba entre las posesiones del capitán Morstan. Jonathan Small lo firmó en su nombre y en el de sus socios. Él se refiere a ello, de forma algo melodramática, llamándolo «el signo de los cuatro». Con la ayuda de este mapa, uno de los dos oficiales consigue el tesoro y lo trae a Inglaterra, con lo que hay que suponer que no cumple una de las condiciones bajo las que consigue acceder a dicho tesoro. Ahora bien, ¿por qué no recoge Jonathan Small en persona el tesoro? Obvio. La fecha en la que se dibujó el mapa corresponde a la época en la que Morstan estaba en contacto con presidiarios. Jonathan Small no podía recoger el tesoro porque tanto él como sus socios eran presidiarios.

—Pero todo eso es mera especulación —dije.

—Es más que eso. Es la única hipótesis que tiene en cuenta todos los hechos. Veamos qué tal se adecua a lo que sucedió después. El mayor Sholto vive en paz durante unos años, feliz con el tesoro que ha llegado a su poder. Y entonces recibe una carta desde la India que le aterroriza. ¿Qué decía esa carta?

—Una carta en la que le decían que el hombre a quien había estafado había sido puesto en libertad.

—O que había escapado. Esto es mucho más probable, puesto que Sholto sabía la duración de su condena y no se hubiese sorprendido. ¿Qué hace entonces? Se protege de un hombre que tiene una pata de palo. Fíjese que debe tratarse de un hombre blanco, ya que le confunde con un comerciante blanco y llega a dispararle. En el mapa hay un único nombre que pueda ser de un hombre blanco. Los demás corresponden a hindúes o musulmanes. Y no hay ningún otro nombre que pueda ser de un blanco. Esto nos permite afirmar con rotundidad que el hombre de la pata de palo debe ser Jonathan Small. ¿Le parece que este razonamiento es defectuoso en algún punto?

—No. Es claro y conciso.

Bien, pongámonos ahora en el lugar de Jonathan Small. Pensemos como lo haría él. Regresa a Inglaterra con dos objetivos en mente: recuperar lo que cree que le pertenece y vengarse del hombre que le ha engañado.

Descubre dónde vive Sholto y es muy posible que incluso se alíe con alguien del interior de la casa. No hemos visto al mayordomo ese, Lal Rao. La señora Bernstone no le tiene en muy alta estima. Sin embargo, Small no consigue averiguar dónde está el tesoro porque eso solo lo sabían Sholto y un fiel sirviente ya muerto. De repente, Small se entera de que el mayor está en su lecho de muerte. Frenético, pues teme que el secreto de dónde está escondido el tesoro muera con Sholto, esquiva a los guardianes, llega hasta la ventana del moribundo y lo único que le impide entrar es la presencia de sus dos hijos. Rabioso de odio contra el muerto, entra en esa habitación durante la noche, registra sus papeles personales con la esperanza de encontrar una pista relativa al tesoro y finalmente deja un recuerdo de su visita al escribir la tarjeta. Sin duda alguna, había planeado de antemano que, si asesinaba al mayor, dejaría sobre su cuerpo esa señal de que no se trataba de un crimen vulgar sino, desde el punto de vista de los cuatro socios, algo similar a un acto de justicia. Este tipo de actos extraños y caprichosos se repiten bastante en los anales del crimen y normalmente proporcionan datos de mucha importancia respecto al criminal. ¿Me sigue?

—Completamente.

—Veamos, ¿qué podía hacer Jonathan Small? Lo único que podía hacer era seguir alerta por si los esfuerzos destinados a descubrir el tesoro daban fruto. Probablemente abandona Inglaterra y regresa de cuando en cuando. Se descubre la buhardilla e instantáneamente se le informa de ello. Esto nos indica una vez más la presencia en la casa de algún compinche. La pierna de Jonathan le imposibilita claramente llegar hasta la elevada habitación de Bartholomew Sholto. Le acompaña un cómplice bastante peculiar que resuelve este problema, pero pisa en la creosota. Y así llegamos a Toby y a un oficial mal pagado y con un tendón de Aquiles dañado que va a cojear a lo largo de un paseo de seis millas.

—Pero entonces fue su cómplice y no Jonathan quien cometió el crimen.

—Efectivamente. Y a juzgar por su furiosa manera de caminar por la habitación una vez entró en ella, para su disgusto. No tenía nada en contra de Bartholomew Sholto y hubiese preferido atarle y amordazarle. No tenía ganas de ganarse la horca. Sin embargo, no pudo hacer nada para evitarlo: el instinto salvaje de su compañero se rebeló y el veneno cumplió con su labor. Así que Jonathan Small dejó su tarjeta de visita, bajó la caja del tesoro hasta el suelo y luego descendió él. Esa es la sucesión de hechos hasta donde yo soy capaz de descifrarlos. Y por lo que respecta a su aspecto personal, naturalmente, debe ser un hombre de mediana edad y de piel bronceada, ya que ha cumplido condena en una parrilla como son las Andamán. Es fácil calcular su altura a partir de su zancada y sabemos que lleva barba. Este hecho impresionó fuertemente a Thaddeus Sholto cuando le vio en la ventana. Creo que no queda nada más.

—¿El cómplice?

—En eso no hay gran misterio. Pero pronto sabrá más sobre ello. El aire matutino es maravilloso. Mire esa nube rosa. Suspendida como si fuese la pluma de un flamenco. El rojo disco del sol se abre paso entre las nubes que cubren Londres. Brilla sobre muchos, pero apuesto a que sobre nadie con una misión tan extraña como la suya y la mía. ¡Qué pequeños somos con nuestras insignificantes ambiciones y esfuerzos frente a las inconmensurables fuerzas de la Naturaleza! ¿Qué tal va con Jean Paul?[3]

—Bastante bien. He regresado a él a través de Carlyle.

—Eso ha sido como remontar el río hasta llegar a sus fuentes. Una profunda y curiosa sentencia suya afirma que la auténtica grandeza de un hombre radica en su capacidad para apreciar su propia insignificancia. Ello implica una capacidad de apreciación y comparación que constituye en sí misma una prueba de nobleza. Richter hace pensar mucho. Lleva una pistola con usted, ¿no es así?

—Llevo mi bastón.

—Es posible que necesitemos algo así si llegamos a su escondite. Dejo para usted a Jonathan. Pero si el otro no se comporta, acabaré con él.

Sacó su revólver mientras hablaba y, después de haber cargado dos cámaras, lo puso de nuevo dentro del bolsillo derecho de su chaqueta.

Todo este tiempo habíamos seguido a Toby a través de las calles llenas de casitas de dos plantas que recordaban un pueblo y que conducían a la gran ciudad. Ahora empezábamos a avanzar por calles que bullían llenas de obreros y estibadores del puerto. Las mujeres abrían descuidadamente los postigos y barrían la entrada de las casas. En los *pubs* de las esquinas comenzaba la actividad y se podía ver a hombres de aspecto rudo frotándose con la manga las barbas después del trago matutino. Perros raros caminaban tranquilamente por

---

3. Johann Paul Friedrich Richter (1763-1825), novelista y pensador alemán. *(N. de la E.)*

la calle y nos miraban fijamente al pasar, pero nuestro inimitable Toby seguía trotando, sin mirar ni a derecha ni a izquierda, con la nariz pegada al suelo y dando de cuando en cuando un excitado aullido para dar a entender que había captado un rastro especialmente intenso.

Pasamos por Streatham, Brixton, Camberwell y ya estábamos en Kennington Lane. Nos acercábamos al Oval a través de calles laterales. Parecía que los hombres a los que perseguíamos habían zigzagueado por calles laterales para evitar que se reparase en ellos. No habían utilizado ni una sola calle principal si existía una lateral que los llevase a su destino. Al llegar al final de Kennington Lane se habían desviado bruscamente a la izquierda a través de Bond Street y Miles Street. En la intersección de esta última con Knight's Place, Toby dejó de avanzar y se puso a correr adelante y atrás con una oreja caída y la otra levantada. Era la viva imagen de la indecisión canina. Andaba torpemente en círculos mirándonos de cuando en cuando como si esperase vergonzoso recibir muestras de nuestra comprensión.

—¿Qué demonios le pasa al perro? —gruñó Holmes—. Sin duda no cogieron un carruaje ni salieron volando en globo.

—A lo mejor permanecieron aquí durante un rato —sugerí.

—¡Resuelto! Ya sigue —dijo con un suspiro de alivio mi compañero.

Estaba sin duda de nuevo en ruta, pues, olfateando una vez más en círculo, tomó una decisión y salió disparado dando muestras de una energía y determinación que no habíamos visto hasta ese momento. Parecía que el rastro era más intenso que antes, pues nada más acercar la nariz al suelo empezó a tirar de la correa e intentó echar a correr. El brillo en los ojos de Holmes me hizo entender que él creía que llegábamos al final de nuestro camino.

Nuestro camino nos llevó a descender por Nine Elms hasta que llegamos al almacén de madera Broderick y Nelson que está nada más pasar la taberna White Eagle. Allí el perro se volvió loco de excitación y entró por la puerta lateral del recinto donde los trabajadores serraban. El perro corrió por encima del serrín y las virutas de madera hasta un callejón formado por dos pilas de maderos que había al final de un pasillo. Finalmente, dando un ladrido de triunfo, saltó sobre un gran barril que todavía estaba sobre la carretilla con la que lo habían llevado hasta allí. Toby estaba sentado sobre el barril con la lengua fuera y guiñándonos los ojos, mirando del uno al otro esperando una felicitación por nuestra parte. Las duelas del barril y las ruedas de la carretilla estaban manchadas de un líquido oscuro y en el aire se respiraba el fuerte olor a creosota.

Sherlock Holmes y yo nos miramos atónitos durante unos instantes y entonces estallamos simultáneamente en un ataque de risa incontrolable.

8

El equipo de detectives no oficiales de Baker Street

—¿Y ahora qué? —pregunté—, Toby ha dejado de ser infalible.

—Actuó de acuerdo con sus luces —dijo Holmes levantando al perro del barril y sacándolo del almacén de madera—. Si tiene en cuenta la cantidad de creosota que se mueve al cabo de un día por Londres, no es de extrañar que se hayan cruzado dos rastros. En esta época del año se utiliza muchísimo para tratar la madera. El pobre Toby no tiene la culpa.

—Supongo que debemos encontrar el rastro principal.

—Sí. Y afortunadamente no tenemos que ir muy lejos. Es evidente que lo que desconcertó al perro en la esquina de Knight's Place fue que se cruzaban dos rastros que seguían direcciones distintas. Y tomamos el que no debíamos. Es cuestión de tomar el otro.

Esto no supuso ningún problema. Al llevar a Toby

hasta el lugar donde había cometido su error, dio un amplio círculo y finalmente salió disparado en una nueva dirección.

—Debemos tener cuidado de que no nos lleve al lugar de donde procede el barril —apunté.

—Ya lo había pensado. Pero fíjese en que Toby se mantiene sobre la acera, mientras que el barril fue, seguro, por la calzada. No, ahora estamos siguiendo nuestro rastro.

El rastro seguía hacia la orilla del río, cruzando a través de Belmont Place y Prince's Street. Al llegar al final de Broad Street se dirigía directamente hacia el agua, en donde había un pequeño muelle de madera Toby nos llevó hasta su extremo y se quedó allí, de pie y aullando, mirando fijamente las oscuras aguas que corrían debajo de nosotros.

—No estamos de suerte —dijo Holmes—. Aquí han tomado un bote.

En el agua y a lo largo del muelle había varias bateas y esquifes. Acercamos a Toby a cada uno de ellos pero, a pesar de que los olisqueó intensamente, no hizo ninguna señal.

Próxima al rudimentario embarcadero, había una pequeña casa de ladrillo de una de cuyas ventanas colgaba un cartelón de madera. En él, pintado con grandes letras, «Mordecai Smith», y debajo, «Se alquilan botes por días u horas». Un segundo cartel sobre la puerta informaba de la existencia de una lancha a vapor. Y un gran montón de coque sobre el embarcadero respaldaba esta afirmación. Sherlock Holmes miró lentamente a su alrededor y en su rostro apareció una expresión inquietante.

—Esto tiene mala pinta —dijo—. Estos tipos son

más listos de lo que creía. Parece que han borrado su rastro. Me temo que esto lo tenían pactado de antemano.

Se acercaba a la puerta de la casa cuando esta se abrió de repente y un chavalillo de pelo rizado, de unos seis años, salió de ella corriendo. Detrás de él apareció una corpulenta mujer de rostro encarnado que llevaba una gran esponja en una mano.

—Vuelve aquí, Jack. Ties que lavarte —gritó—. Ven pa ca, pequeño diablo. Si llega tu padre a casa y te encuentra así, te vas a enterar de lo que vale un peine.

—Qué niño tan encantador —dijo Holmes estratégicamente—. Vaya mofletes tienes, pillín. Dime, Jack, ¿hay algo que te gustaría tener?

El niño reflexionó un instante.

—Me gustaría tener un chelín —dijo.

—¿No prefieres otra cosa?

—Mejor dos chelines —respondió aquel niño prodigio después de pensárselo de nuevo.

—Entonces tuyos son, ¡cógelos! Precioso niño, señora Smith.

—Dios le bendiga, señor. Sí lo es. Eso y mucho más. Es mucho pa mí. Sobre to cuando mi hombre falta de casa varios días.

—¿No está? —dijo Holmes decepcionado—. Lamento oír eso. Quería hablar con el señor Smith.

—Se marchó ayer por la mañana, señor. Y pa ser sincera, empiezo a preocuparme. Pero si lo que quiere es un bote, dígamelo a mí.

—Quería alquilar su lancha a vapor.

—Vaya por Dios. Se ha ido con la lancha a vapor. Eso es lo que me preocupa. No lleva más carbón que para llegar a Woolwich y vuelta. De haberse cogido la gabarra, no me preocuparía. Alguna vez se la lleva hasta Gravesend. Y si había mucho trabajo, se quedaba por la noche. Pero ¿pa qué quieres una lancha a vapor si no ties carbón?

—Es posible que haya comprado carbón en algún muelle río abajo.

—Podía ser, señor, pero él no es así. Le he oío renegar muchas veces de los precios que cobran por un par de sacos. Además, no me gusta el tío ese de la pata de palo, con ese careto y ese hablar extranjero. ¿Qué es lo que quiere, siempre dando la murga por aquí?

—¿Un hombre con una pata de palo? —dijo Holmes, ligeramente sorprendido.

—Sí, señor. Un tío renegrío con cara de mono que ha venío más de una vez en busca de mi hombre. Sabía que era el que le despertó anoche. Y lo que es peor, mi hombre sabía que iba a venir porque tenía la caldera de la lancha prepará. Hablando en plata, estoy preocupá.

—Pero, mi querida señora Smith —dijo Holmes encogiéndose de hombros—, se preocupa usted por una nimiedad. ¿Cómo es posible que sepa usted que la persona que vino anoche era ese hombre con la pata de palo? No veo cómo puede usted estar tan segura.

—Su voz, señor. Reconozco esa voz gruesa y ronca. Llamó a la ventana a eso de las tres. «Arriba, hombre», dijo; «es hora de que te muevas». Mi hombre despertó a Jim, mi hijo mayor. Y los dos se largaron sin decirme a mí ni mu. Oí su pata golpear contra las piedras.

—El hombre este de la pata de palo ¿estaba solo?

—No estoy segura, señor. No oí a nadie más.

—Pues lo siento, señora Smith, pues estaba interesado en alquilar su lancha. He oído hablar muy bien de ella. Veamos, ¿cómo se llama?

—Aurora, señor.

—Eso es. Es una vieja lancha, verde, con una franja amarilla y mucha manga, ¿no es así?

—No, señor. Es tan pequeña y esbelta como cualquier otra lancha del río. Está recién pintá. Negra y con dos rayas rojas.

—Muchas gracias. Espero que tenga muy pronto noticias de su marido. Voy a ir río abajo; si me encuentro con la Aurora, le diré que está usted intranquila. ¿Dice que la chimenea es negra?

—No, señor. Negra y con una banda blanca.

—Sí, claro. Son los laterales los que son negros. Buenos días, señora Smith. Watson, tenemos aquí un barquero y una barcaza. Tomémosla y crucemos el río.

»Lo primero que hay que tener presente al hablar con gente de este tipo —dijo Holmes mientras nos sentábamos en la barcaza— es que no hay que demostrar nunca interés por nada de lo que digan. Si se dan cuenta de que se necesita de ellos cierta información, se encerrarán en sí mismos como ostras. Si les escucha, dijéramos, como quien oye llover, probablemente consiga sacarles lo que quiere saber.

—Bueno, ahora parece bastante claro lo que debemos hacer —dije.

—¿Qué haría usted?

—Cogería una lancha e iría río abajo en busca de la Aurora.

—Querido amigo, eso sería una tarea hercúlea. Puede haber atracado en cualquiera de los muelles que hay a ambos lados del río desde aquí hasta Greenwich. Y por debajo del puente se extiende un magnífico laberinto que ocupa millas lleno de sitios en los que atracar. Llevaría muchos días peinarlos por completo si se embarca a ello solo.

—Llame a la policía, pues.

—No. Seguramente llame a Athelney Jones en el último momento. No es un mal tipo y no deseo hacer nada que le desprestigie profesionalmente. Pero, ya que hemos llegado tan lejos, quiero resolverlo por mi cuenta.

—¿Ponemos entonces anuncios pidiendo información a los que andan por los muelles?

—Cada vez peor. Nuestros hombres sabrían que les pisamos los talones y seguramente saldrían del país. Tal como están las cosas es muy probable que se marchen, pero, siempre y cuando no se sientan amenazados, no tendrán prisa en hacerlo. En esto, la gran actividad que Jones despliega nos será útil, pues seguro que publicará en los periódicos sus teorías sobre este asunto y los fugitivos creerán que no tienen de qué preocuparse.

—¿Y qué hacemos entonces? —pregunté cuando atracábamos cerca de la cárcel de Millbank.

—Coger este coche, ir a casa, desayunar y dormir un rato. Es muy probable que esta noche estemos también de expedición. Cochero, pare en una oficina de telégrafos. Toby se quedará con nosotros, pues es posible que le necesitemos.

Nos detuvimos en la oficina de correos de Great Peter Street para que Holmes pudiera enviar su telegrama.

—¿Para quién cree que es? —preguntó una vez hubimos reanudado nuestro camino.

—No tengo ni la menor idea.

—¿Se acuerda de las fuerzas del orden no oficiales

de Baker Street a quienes contraté en el caso de Jefferson Hope?

—Me acuerdo bien —dije riéndome.

—Este es el tipo de situación en el que pueden ser insustituibles. En caso de que fallen, dispongo de otros recursos, pero primero lo intentaré con ellos. El telegrama iba dirigido a mi pequeño y sucio lugarteniente Wiggins. Espero que él y toda su panda estén con nosotros antes de que hayamos terminado de desayunar.

Eran ya entre las ocho y media y las nueve y comenzaba a sentir los efectos de toda la serie de emociones de la noche. Estaba cansado y cojeaba, incapaz de pensar con claridad y con el cuerpo fatigado. Carecía del entusiasmo profesional que alimentaba a mi compañero y tampoco podía enfrentarme al caso como si fuese un mero problema intelectual. Por lo que concernía a la muerte de Bartholomew Sholto, no había oído hablar muy bien de él y no era capaz de sentir mucha antipatía por sus asesinos. Pero el tesoro era otra cuestión. El tesoro, o una parte de él, pertenecía a la señorita Morstan y, mientras existiese alguna oportunidad de recuperarlo, estaba dispuesto a dedicar mi vida a ello. Era verdad que, de recuperarlo, ella quedaría fuera de mi alcance para siempre; pero mi amor sería ridículo y extremadamente egoísta si eso me influyera. Si Holmes era capaz de dedicarse a localizar a los criminales, yo tenía una razón diez veces más poderosa que me urgía a encontrar el tesoro.

Un baño y un cambio de ropa en Baker Street consiguieron reanimarme de forma extraordinaria. Cuando bajé de nuevo a nuestras habitaciones me encontré el desayuno sobre la mesa y a Holmes sirviendo el café.

—Aquí está —dijo riéndose y señalando un periódico abierto—. El incansable Jones y el periodista con el don de la ubicuidad ya lo han resuelto entre ellos. Pero ya ha tenido usted suficiente del caso. Es mejor que coma primero sus huevos con jamón.

Cogí el periódico que me tendía y leí la noticia, que había sido titulada *Misterio en Upper Norwood*.

La noche pasada, alrededor de las once (según el *Standard*), el señor Bartholomew Sholto, de Pondicherry Lodge, en Upper Norwood, fue hallado muerto en su habitación en extrañas circunstancias. Por lo que se ha podido saber, no se han encontrado huellas de violencia sobre el cuerpo del señor Sholto, pero han desaparecido unas joyas de procedencia india de gran valor que el señor Sholto heredó de su padre. Los primeros en descubrir el cuerpo fueron el señor Sherlock Holmes y el doctor Watson, quienes habían acudido a la casa en compañía del señor Thaddeus Sholto, hermano del fallecido. Gracias a una afortunada coincidencia, el señor Athelney Jones, conocido miembro de las fuerzas del orden, resultó estar en la comisaría de Norwood y llegó al lugar de los hechos menos de media hora después de que saltase la alarma. Su experiencia y extraordinarias cualidades le hicieron descubrir inmediatamente a los criminales, con el satisfactorio resultado de haber detenido al hermano del fallecido, Thaddeus Sholto; al ama de llaves, la señora Bernstone; al mayordomo indio, Lal Rao, y al portero, de nombre McMurdo. Es sabido ya que el ladrón o ladrones conocían bien la casa, pues el gran sentido de la observación y capacidad de análisis del señor Jones le han hecho llegar a la irrefutable conclusión de que los malhechores no entraron por la puerta ni por la ventana, sino por una trampilla en el tejado que comunica con una habitación que permite acceder directamente a aquella en la que se encontró el cadáver. Este hecho, que ha quedado perfectamente demostrado, prueba que no se trató de un robo casual. La rápida y enérgica actuación de los representantes de la ley prueba una vez más la insuperable fortuna que supone tener en el lugar de los hechos una mente despierta y brillante. No podemos evitar pensar que estos hechos refuerzan la tesis de aquellos que defienden una descentralización de nuestros detectives que les permita estar en contacto más directo y efectivo con aquellos casos que su deber les obliga a investigar.

—¿No es genial? —dijo Holmes sonriendo por encima de su taza de café.

—Creo que nos hemos librado por los pelos de no haber sido arrestados también.

—Yo también lo creo. Y no garantizaría nuestra libertad si Jones sufre otro ataque de actividad.

Justo en ese momento se oyó un fuerte timbrazo en la puerta y a continuación oí un gemido consternado de nuestra casera, la señora Hudson.

—¡Cielos, Holmes! —exclamé poniéndome en pie—, creo que vienen a por nosotros después de todo.

—No, no es para tanto. Es la división de investigadores no oficiales de Baker Street.

Mientras hablaba, un resbalar de pies descalzos y un griterío de voces subía por la escalera. Y apareció una docena de sucios y harapientos golfillos de las calles. Se apreciaba una cierta disciplina entre ellos a pesar de su ruidosa entrada, pues de inmediato formaron una línea y nos miraron con expectación. Uno, más mayor y más alto que los demás, dio un paso al frente, mostrando un aire de segura superioridad que resultaba cómico en aquella pandilla de zarrapastrosos.

—Recibí su mensaje, señor —dijo—, y los he traído pitando. Tres *bob*[1] y un *tanner*[2] por el transporte.

—Aquí tienes —dijo Holmes dándole unas monedas—. De aquí en adelante, que ellos te informen a ti y tú me informas a mí, Wiggins. No puedo permitirme este tipo de invasión de la casa. Sin embargo, es estupendo que hayáis venido todos porque así podéis escuchar directamente las instrucciones. Quiero localizar una lancha a vapor que se llama Aurora. El dueño se llama Mordecai Smith. Es negra con dos franjas rojas, y la chimenea, negra con una banda blanca. Está en algún lugar río abajo. Quiero que uno de vosotros esté en el embarcadero de Mordecai Smith, enfrente de Millbank, por si regresa. Tenéis que dividiros de manera que rastreéis las dos orillas por completo. Informadme en cuanto os enteréis de algo. ¿Claro?

—Sí, señor —dijo Wiggins.

—La tarifa habitual más una guinea para el chico que encuentre el barco. Os adelanto un día de paga. Y ahora, ¡a ello!

Dio un chelín a cada uno y salieron disparados escaleras abajo. Al momento los vi salir como una riada calle abajo.

—Si esa lancha sigue a flote la encontrarán —dijo Holmes mientras se levantaba de la mesa para encender su pipa—. Pueden ir a cualquier sitio, verlo todo y es-

1. Nombre coloquial para referirse a la moneda de un chelín. (*N. de la T.*)
2. Nombre coloquial para referirse a la moneda de seis peniques. (*N. de la T.*)

cucharlo todo sin ser vistos. Confío en saber antes de esta tarde que la han localizado. Hasta entonces no podemos hacer otra cosa salvo esperar. Para retomar nuestro rastro debemos localizar la Aurora o a Mordecai Smith.

—Creo que Toby podría dar buena cuenta de estas sobras. ¿Se va a la cama Holmes?

—No, no estoy cansado. Mi organismo es bastante peculiar. No recuerdo haberme cansado a causa del trabajo jamás, pero la inactividad me deja completamente exhausto. Voy a fumar y reflexionar sobre las extrañas características del caso que mi bella cliente ha traído hasta nosotros. Si alguna vez ha existido una tarea sencilla, debería ser esta. No es frecuente encontrarse con un hombre con una pierna de madera, pero el otro ha de ser un hombre realmente único.

—¡El otro hombre, una vez más!

—No deseo que él sea un misterio para usted. A estas alturas debe haberse formado su propia opinión sobre él. Reflexione sobre los datos: huellas de pies diminutos que jamás han calzado un zapato, una maza con una cabeza de piedra, muy ágil, y pequeños dardos envenenados. ¿Qué le sugiere todo ello?

—¡Un salvaje! —exclamé—. Quizá uno de esos indios que eran socios de Jonathan Small.

—Eso es prácticamente imposible —dijo Holmes—. Cuando reparé en las extrañas armas utilizadas, esa idea pasó por mi mente, pero la innegable peculiaridad de las huellas me hizo reconsiderar mi punto de vista. Algunos de los habitantes de la península india son de pequeño tamaño, pero ninguno podría haber dejado esas huellas. Los hindúes auténticos tienen los pies largos y delgados. Los mahometanos llevan sandalias sujetas mediante una tira que pasa entre el dedo gordo del pie y los demás, lo que hace que este esté muy separado del resto. Los pequeños dardos solo podían clavarse por uno de sus extremos. Se disparan mediante una cerbatana. Así que, ¿de dónde procede nuestro salvaje?

—Sudamérica —aventuré.

Alargó el brazo y cogió un grueso volumen de la estantería.

—Este es el primer volumen de una enciclopedia geográfica que ha comenzado a publicarse. Podemos considerar que en la actualidad es la autoridad más completa en el tema. ¿Qué tenemos aquí? «Islas Andamán, situadas a 340 millas al norte de Sumatra en la bahía de Bengala.» ¡Hum, hum! A ver qué dice.

«Clima húmedo, arrecifes de coral, tiburones, Port Blair, instalaciones penitenciarias, isla Rutland, cultivo de algodón...» ¡Aquí está! «Los aborígenes de las islas Andamán pueden quizá reclamar el honor de ser la raza de menor estatura del planeta, aunque algunos antropólogos confieren esa distinción a los bosquimanos de África, a los indios digger de América o a los nativos de Tierra de Fuego. La estatura de un adulto es, por término medio, inferior a los cuatro pies, aunque es posible encontrar adultos mucho más bajos. Son fieros, con mal carácter e intratables. A pesar de esto, una vez ganada su confianza son capaces de desarrollar amistades muy profundas.» Recuerde este dato, Watson. Escuche esto: «Su apariencia física es poco agradable y su cabeza es de gran tamaño y extraña forma. Ojos pequeños y rasgos poco agraciados. Sus pies y manos son diminutos. Todos los esfuerzos de los oficiales británicos por ganarse su confianza han sido en vano debido a lo fieros y poco amigables que son. Siempre han sido el terror de los supervivientes de los naufragios, a quienes abren la cabeza de un mazazo con sus porras con forma de cabeza o envenenan con sus flechas emponzoñadas. Estas masacres concluyen invariablemente con un festín caníbal». ¡Gente simpática y amistosa, Watson! De habérsele permitido actuar completamente a sus anchas, este asunto podría haber tomado un cariz todavía más siniestro. Creo que, tal como están las cosas, incluso Jonathan Small daría cualquier cosa por no haberse servido de él.

—Pero ¿cómo ha llegado a tener un compañero tan singular?

—Ah, eso ya no puedo saberlo. Pero partiendo del hecho de que sabíamos que Small había estado en las Andamán, no es descabellado que este isleño proceda de allí también. Sin duda, a su debido tiempo, sabremos todos los detalles. Mire, Watson, no tiene muy buen aspecto. Túmbese en el sofá y veamos si puedo ayudarle a conciliar el sueño.

Cogió su violín del rincón y, mientras yo me estiraba, comenzó a tocar una melodía lenta, armoniosa y ensoñadora. Obra suya sin duda, pues estaba extraordinariamente dotado para la improvisación. Recuerdo vagamente sus delgados miembros, su expresión concentrada y las subidas y bajadas del arco. Me sentí alejarme flotando por un mar en calma que me llevó a una tierra soñada en la que el dulce rostro de Mary Morstan se inclinaba sobre mí.

9

Se rompe la cadena

La tarde estaba ya muy avanzada cuando me desperté, fortalecido y repuesto. Sherlock Holmes seguía sentado exactamente igual que cuando me dormí, salvo por el hecho de que había dejado el violín y estaba sumergido en la lectura de un libro. Me miró mientras me estiraba y me di cuenta de que tenía una expresión oscura y preocupada en el rostro.

—Ha dormido profundamente —dijo—. Temí que nuestra charla le despertase.

—No he oído nada —respondí—. ¿Ha tenido noticias?

—Por desgracia, no. Confieso que estoy sorprendido y decepcionado. Esperaba saber algo concreto a estas horas. Wiggins acaba de estar aquí informándome. Dice que no hay ni rastro de la lancha. Y esto supone un jaque de importancia, pues cada hora que pasa es vital.

—¿Puedo hacer algo? Me encuentro perfectamente y preparado para otra noche de expedición.

—No, no podemos hacer nada. Esperar es lo único que podemos hacer. Si salimos, el aviso podría llegar mientras estamos fuera y eso nos retrasaría. Usted puede hacer lo que le plazca, pero yo debo quedarme de guardia.

—Entonces iré de nuevo a Camberwell a visitar a la señora Cecil Forrester. Ayer me pidió que lo hiciera.

—¿A la señora Cecil Forrester? —preguntó con un brillo pícaro en los ojos.

—Bueno, y a la señorita Morstan también, naturalmente. Estaban ansiosas por saber qué había pasado.

—Yo no les contaría demasiado —dijo Holmes—. Ni la mejor de las mujeres es digna de confianza. De confianza total al menos.

No me detuve a discutir un comentario tan atroz como este.

—Estaré de vuelta en una o dos horas —dije.

—Muy bien, buena suerte. Pero, si no le importa, ya que cruza el río, devuelva a Toby. Creo que es muy dudoso que volvamos a necesitarlo de nuevo.

Cogí al chucho, por tanto, y lo llevé de regreso a casa del viejo naturalista de Pinchin Lane, junto con medio soberano. En Camberwell encontré a la señorita Morstan un poco cansada después de nuestras aventuras nocturnas, pero deseosa de escuchar mis noticias. También la señora Forrester sentía muchísima curiosidad. Les conté todo lo que habíamos hecho, omitiendo, sin embargo, los detalles más desagradables de la tragedia. Así pues, si bien les conté que el señor Sholto estaba muerto, no di detalles acerca de la forma exacta en que se había producido el fallecimiento. Y a pesar de todas mis omisiones, conseguí asombrarlas y asustarlas.

—¡Es como una novela! —exclamó la señora Forrester—. Una dama ultrajada, un tesoro por valor de medio millón y un caníbal negro y un rufián con una pata de palo que hacen las veces de dragón o conde perverso.

—Y dos caballeros andantes al rescate —añadió la señorita Morstan dirigiéndome una luminosa mirada.

—Bueno, Mary, tu porvenir depende del éxito de esta búsqueda. Parece que no te importe mucho. ¡Imagina lo que debe suponer ser tan rica y tener el mundo a tus pies!

Me estremecí de alegría al ver lo poco que parecía entusiasmarle esa perspectiva. Al contrario, movió su orgullosa cabeza como si ese asunto no le importase lo más mínimo.

—Es el señor Thaddeus Sholto quien me preocupa —dijo—. Lo demás es irrelevante. Creo que se ha comportado en todo este asunto de la manera más amable y considerada. Debemos hacer todo lo posible para limpiar su nombre de una acusación tan horrible e infundada.

Era ya tarde cuando abandoné Camberwell y bastante de noche cuando llegué a casa. El libro y la pipa de mi compañero estaban al lado de su asiento, pero él había desaparecido. Miré por allí por si había dejado alguna nota, mas no vi nada.

—Supongo que el señor Sherlock Holmes ha debido salir —dije a la señora Hudson cuando subió a echar las persianas.

—No, señor. Está en su dormitorio. ¿Sabe, señor? —dijo con un inquieto susurro—. Me preocupa su salud.

—¿Y eso, señora Hudson?

—Bueno, es que ¡es tan raro! Después de que usted se marchase ha estado caminando, arriba y abajo, arriba y abajo, hasta que me harté de oír sus pasos. Le oí entonces hablar y murmurar solo y cada vez que sonaba el timbre de la puerta asomaba la cabeza por el hueco de la escalera y gritaba: «¿Quién es, señora Hudson?». Le he oído cerrar la puerta de su habitación de un portazo, pero sigo oyéndole caminar como antes. Espero que no enferme, señor. Me atreví a subir para sugerirle una medicina contra el catarro, pero me miró de tal manera que todavía no sé cómo conseguí salir de aquella habitación.

—No creo que tenga nada de qué preocuparse, señora Hudson —respondí—. Ya le he visto así otras veces. Está dándole vueltas a un problema suyo y no consigue descansar.

Intenté dar impresión de despreocupación a nuestra valiosa casera, pero yo mismo me preocupé cuando a lo largo de toda la noche oí, de tanto en tanto, el pesado caminar de sus pies. Y sabía lo mucho que le irritaba esta inactividad forzosa.

A la hora del desayuno estaba ojeroso y parecía cansado. Tenía las mejillas afiebradas.

—Se está usted machacando, viejo amigo —comenté—. Le he oído caminar toda la noche.

—No puedo dormir —respondió—. Este maldito problema me está consumiendo. No soporto estar maniatado por una tontería como esta cuando se han superado todas las demás dificultades. Sé quiénes son, sé de qué barco se trata. Todo. Y no recibo noticias. He puesto en marcha a más agentes y todos los recursos a mi alcance. Han rastreado completamente las dos orillas del río y sigue sin haber noticias del barco. Tampoco la señora Smith sabe nada de su marido. Acabaría llegando a la conclusión de que han hundido el barco de no ser por algunos inconvenientes que veo.

—O bien la señora Smith nos puso sobre una pista falsa.

—No. Creo que eso podemos descartarlo. He investigado y existe una lancha que responde a esa descripción.

—¿Puede haber ido río arriba?

—También he considerado esa posibilidad, y un grupo de búsqueda está remontando el río hasta Richmond. Si hoy no recibimos noticias, yo mismo me pondré a la búsqueda mañana. Aunque, en vez de buscar la lancha, me dedicaré a buscar a los hombres. Pero estoy seguro, estoy seguro, de que sabremos algo.

Pero no fue así. No recibimos ni una sola palabra de Wiggins ni de ninguno de los otros agentes. En la mayoría de los periódicos aparecían artículos sobre la tragedia de Norwood. Y el tono era bastante hostil con Thaddeus Sholto. Ninguno de ellos publicó detalles novedosos respecto al caso, salvo que al día siguiente se realizaría una vista. Por la tarde fui paseando hasta Camberwell para informar a las damas de nuestra falta de resultados. A mi regreso encontré a Holmes desanimado y de bastante mal humor. Apenas respondió a mis preguntas y se concentró toda la tarde en una serie de abstrusos experimentos químicos que suponían un gran calentamiento de retortas y destilaciones y cuyo resultado fue un olor tal, que casi me obligó a abandonar el apartamento. Ya de madrugada, podía oír el tintineo de sus tubos de ensayo, lo que me indicaba que seguía enfrascado en su pestilente experimento.

Al amanecer, me desperté sobresaltado y me encontré a Holmes de pie al lado de mi cama, embutido en un rudo traje de marinero, que incluía un chaquetón y una bufanda roja de aspecto basto alrededor del cuello.

—Me voy al río, Watson —dijo—. He estado dándole vueltas y solo veo una solución. Merece la pena intentarlo, pase lo que pase.

—¿Puedo ir con usted, entonces? —pregunté.

—No; me será usted mucho más útil si se queda aquí en calidad de representante mío. No me gusta tener que marcharme, pues es prácticamente seguro que llegará alguna noticia a lo largo del día. Aunque Wiggins estaba muy desalentado anoche. Quiero que abra todas las cartas y telegramas que lleguen dirigidos a mí y que actúe de acuerdo a su criterio si llega alguna novedad. ¿Puedo confiar en usted?

—Completamente.

—Me temo que no podrá mandarme ningún telegrama porque no sé dónde me encontraré. Si tengo suerte, no tardaré mucho en estar de vuelta. Conseguiré enterarme de algo antes de regresar.

A la hora del desayuno todavía no sabía nada de él. Sin embargo, me encontré con novedades respecto al caso al abrir el *Standard*.

Con respecto a la tragedia sucedida en Upper Norwood [señalaba] tenemos razones para creer que se trata de un asunto más complejo y misterioso de lo que en un principio se creía. Ha quedado probado recientemente que es materialmente imposible que el señor Thaddeus Sholto tenga nada que ver con el asunto y tanto él como el ama de llaves fueron puestos en libertad ayer por la tarde. Creemos, sin embargo, que la policía está tras una nueva pista que conducirá hasta los verdaderos culpables y que el señor Athelney Jones, utilizando toda su energía y sagacidad, será el encargado de seguirla. En cualquier momento puede producirse un nuevo arresto.

—Lo que cuentan es bueno —pensé—. Por lo menos Thaddeus Sholto ha quedado completamente a salvo. Me pregunto cuál será esa nueva pista. Aunque tiene pinta de ser una frase hecha que se dice cada vez que la policía mete la pata.

Dejé el periódico sobre la mesa y en ese instante reparé en un artículo insertado en la columna de desapariciones. Ponía así:

DESAPARECIDO – Mordecai Smith, barquero, y su hijo Jim dejaron el muelle de Smith a eso de las tres de la madrugada el pasado martes a bordo de la lancha a vapor Aurora. Dicha lancha es negra y tiene dos rayas rojas. Se recompensará con cinco libras a la persona que pueda dar alguna pista sobre su paradero a la señora Smith, en el muelle de Smith, o en el 221B de Baker Street.

Esto era sin duda cosa de Holmes; la dirección de Baker Street así lo confirmaba. Me sorprendió por ser una solución bastante ingeniosa: los fugitivos podrían leerlo sin ver en ello más que la inquietud que sentía una esposa por su marido desaparecido.

Fue un día muy largo. Cada vez que alguien llamaba a la puerta o se oían pasos decididos por la calle, pensaba que se trataba de Holmes de regreso o bien de alguien que respondía al anuncio. Intenté leer, pero mis pensamientos vagaban alrededor de nuestra extraña búsqueda y los dos rufianes a los que perseguíamos. ¿Era posible que existiera algún error fatal en la cadena deductiva de mi compañero? ¿No podría ser que él sufriera un simple ataque de autocompasión? ¿Era posible que su ágil y especulativa mente hubiese elaborado toda su teoría basándose en alguna premisa falsa? Jamás le había visto equivocarse, pero hasta incluso el pensador más dotado puede cometer un error. Pensé que era posible que se equivocase debido al extremo grado de refinamiento con el que desarrollaba su lógica. A su preferencia por una explicación rara y sutil antes que cualquier otra más habitual y convencional. Y por otra parte, yo mismo había visto las pruebas y le había oído argumentar toda su teoría. Al repasar toda la cadena de circunstancias poco habituales, algunas irrelevantes en sí mismas, pero todas apuntando en la misma dirección, llegué a la conclusión de que incluso si las teorías de Holmes eran erróneas, la realidad debía ser igualmente sorprendente y extravagante.

A las tres del mediodía la campana de la puerta repicó con fuerza y desde el *vestíbulo* sonó una voz autoritaria. Y para mi sorpresa, era ni más ni menos que Athelney Jones en persona quien fue conducido hasta nuestro apartamento. Ya no era el brusco y genial maestro del sentido común que en Upper Norwood había tomado el caso con gran confianza en sí mismo. Tenía una expresión abatida y su actitud parecía dócil y arrepentida.

—Buenos días, caballero, buenos días —dijo—. Parece ser que el señor Holmes no está.

—Así es. Y no sé con seguridad cuándo regresará. Pero quizá desee esperarle aquí. Tome asiento y pruebe uno de estos puros.

—Gracias, no me importaría —dijo mientras se secaba el sudor de la frente con un pañuelo rojo.

—¿Un whisky con soda?

—De acuerdo, medio vaso. Hace mucho calor para la época del año en la que nos encontramos y tengo muchas preocupaciones encima. ¿Conoce mi teoría respecto al caso Norwood?

—Recuerdo que expuso usted una.

—Bien, me he visto obligado a reconsiderarla por completo. Estaba cerrando mi telaraña alrededor del señor Sholto, cuando de repente se abrió un boquete y se escapó por él. Consiguió una coartada irrefutable: desde que salió de la habitación de su hermano ha estado a la vista de alguien en todo momento. Así que no pudo ser él el que trepó al tejado y se coló por la trampilla. Se trata de un caso muy complejo y mi credibilidad profesional está en juego. Agradecería algo de ayuda.

—Todos necesitamos ayuda alguna vez.

—Su amigo el señor Holmes es un hombre excepcional —dijo en un confidencial susurro—. No hay quien le gane. Le he visto trabajar en muchos casos y no ha habido ni uno solo que no consiguiera resolver. Sus métodos son poco ortodoxos y quizá se lanza a la elaboración de teorías con excesiva ligereza, pero creo que, a pesar de todo, se hubiese podido hacer de él un buen policía, y lo repetiría delante de cualquiera. He recibido un telegrama suyo esta mañana del que deduzco que ha conseguido una buena pista en este asunto de los Sholto. Aquí está.

Sacó el telegrama de un bolsillo y me lo pasó. Había sido cursado desde Poplar a las doce en punto.

«Vaya inmediatamente a Baker Street [decía]. En caso de que no haya regresado, espéreme allí. Estoy pisándole los talones a la banda relacionada con el caso Sholto. Puede venir con nosotros esta noche si desea ver cómo termina todo esto.»

—Esto suena bien. Es evidente que ha retomado el hilo —dije.

—Ah, también él ha estado perdido —exclamó Jones con gran satisfacción—. Incluso los mejores de nosotros nos equivocamos en alguna ocasión. Esto podría no ser más que una falsa alarma, pero mi obligación como agente de la ley es no dejar pasar ni una sola posibilidad. Hay alguien en la puerta. Quizá sea él.

Pasos pesados ascendían por las escaleras, acompañados de los silbidos y ruidos propios de un hombre que tiene severas dificultades para respirar. En una o dos ocasiones se detuvo, como si subir las escaleras fuera un esfuerzo excesivo para él, pero finalmente llegó hasta nuestra puerta y entró. Su aspecto se correspondía con lo que habíamos estado oyendo. Se trataba de un anciano marinero que llevaba un chaquetón de marino abrochado hasta el cuello. Su espalda estaba doblada sobre unas inseguras rodillas y respiraba como un asmático. Mientras se apoyaba sobre una garrota de roble, sus hombros acusaban el esfuerzo de introducir aire en sus pulmones. Una bufanda de vivos colores rodeaba su barbilla y lo poco que se podía ver de su rostro eran un par de penetrantes ojos oscuros bajo pobladas cejas blancas y unas largas patillas grises. Me dio la impresión de que era un respetable marinero al que los años y la pobreza habían derrotado.

—¿Qué desea, buen hombre? —pregunté.

Miró a su alrededor con el detenimiento propio de los ancianos.

—¿Está aquí el señor Holmes? —dijo.

—No, pero yo soy su representante. Puede decirme a mí cualquier cosa que desee decirle a él.

—Lo que quiero decirle se lo diré solo a él —dijo.

—Ya le digo que soy su representante. ¿Se trata del barco de Mordecai Smith?

—Sí. Sé bien dónde está. Y sé dónde están los hombres que buscan. Y sé dónde está el tesoro. Lo sé todo.

—Dígamelo, pues, y yo se lo diré a él.

—Lo que quiero decirle se lo diré solo a él —repitió con la obstinada petulancia de un hombre muy anciano.

—Bien, en ese caso deberá esperarle.

—No, no. No voy a perder todo un día para complacer a cualquiera. Si el señor Holmes no está aquí, tendrá que apañárselas solo. Me da igual quiénes sean ustedes, no pienso decir ni una palabra.

Se arrastró hacia la puerta, pero Athelney Jones se plantó frente a él.

—Deténgase un momento, amigo mío —le dijo—. Tiene en su poder información muy importante y no debe marcharse así. Se quedará con nosotros tanto si quiere como si no, hasta que regrese nuestro amigo.

El viejo intentó correr hacia la puerta pero Athelney Jones recostó su ancha espalda contra ella y el viejo se dio cuenta de la inutilidad de su resistencia.

—¡Muy bonito! —chilló, golpeando el suelo con su garrota—. Vengo hasta aquí a entrevistarme con un caballero y ustedes dos, a quienes no he visto en mi vida, me retienen y me tratan de semejante manera!

—No tiene de qué preocuparse —le dije—. Se le recompensará por su tiempo. Siéntese en el sofá y no tendrá que esperar mucho tiempo.

Se acercó con expresión dolida y se sentó ocultando la cara entre las manos. Jones y yo retomamos nuestra conversación y nuestros puros. De repente la voz de Holmes nos dijo:

—La verdad es que podrían ofrecerme uno de esos puros.

Dimos un respingo en nuestras sillas. Era Holmes quien estaba sentado a nuestro lado, claramente divertido.

—¡Holmes! —exclamé—. ¡Está aquí! ¿Qué ha sido del viejo?

—Aquí está su viejo —dijo mostrando un puñado de pelo blanco—. Aquí está. Peluca, patillas, cejas y todo lo demás. Pensaba que era un buen disfraz, pero no imaginaba hasta qué punto.

—¡Maldito bribón! —exclamó Jones encantado—. Hubiese sido usted un magnífico actor. Su tos era genuina y esas temblorosas piernas suyas valen más de diez libras a la semana. De todas formas, me pareció reconocer el brillo de sus ojos. No consiguió escapar de nosotros.

—He estado todo el día trabajando para desenmarañar este galimatías —nos dijo encendiendo su puro—. ¿Saben? Muchos criminales me conocen ya. Sobre todo desde que este amigo nuestro aquí presente ha empezado a dar publicidad a mi trabajo; así que solo puedo adentrarme en las trincheras bajo un disfraz. ¿Recibió mi telegrama?

—Sí. Eso es lo que me ha traído hasta aquí.

—¿Cómo ha evolucionado su caso?

—Se vino abajo. Tuve que soltar a dos de mis prisioneros y no tengo ninguna prueba en contra de los otros dos.

—No se preocupe. Le proporcionaremos dos nuevos prisioneros. Pero debe usted acatar mis órdenes. Recibirá todo el reconocimiento oficial, pero debe seguir todas las directrices que yo le marque. ¿Está de acuerdo?

—Por completo, si me conduce a los culpables.

—En ese caso, lo primero que quiero es que un barco de la policía, una lancha a vapor, esté en las escaleras de Westminster a las siete en punto.

—Eso tiene fácil arreglo. Siempre hay alguna por allí. Por si acaso, puedo hacer una llamada desde la calle para asegurarme.

—También quiero dos hombres fornidos por si encontramos resistencia.

—En la lancha habrá dos o tres. ¿Qué más?

—En cuanto pillemos a los hombres, localizaremos el tesoro. Creo que mi amigo Watson estaría muy contento de llevar en persona la caja hasta la señorita a quien pertenece la mitad del tesoro. Dejemos que sea ella la primera en abrirlo. ¿Le parece bien, Watson?

—Sería un gran placer para mí.

—Se trata de un procedimiento muy irregular —dijo Jones sacudiendo la cabeza—. De todas formas, todo este asunto es bastante irregular, así que supongo que no quedará más remedio que hacer la vista gorda. Pero después habrá que poner el tesoro en manos de las autoridades hasta que concluya la investigación oficial.

—Por supuesto. Eso no supondrá ningún problema. Otra cosa: me gustaría muchísimo oír del propio Small algunos detalles relacionados con este asunto. Sabe que me gusta resolver mis propios casos hasta el final. Supongo que no habrá inconveniente en que tenga una entrevista privada con él aquí en mis habitaciones o en cualquier otro sitio, siempre que él esté bien custodiado, ¿no es así?

—En fin, usted manda. Todavía no tengo ninguna constancia de que ese Jonathan Small exista realmente, pero si usted le caza no tengo el menor reparo en que se entreviste con él.

—¿Todo claro, entonces?

—Perfectamente claro. ¿Algo más?

—Solo que insisto en que se quede a cenar con nosotros. La cena estará lista en media hora. Tenemos ostras, un par de urogallos y una pequeña selección de vinos blancos. Watson, jamás le he oído reconocer mis virtudes como ama de casa.

10

El fin del isleño

Nuestra cena fue muy alegre. Holmes era un conversador excelente si le apetecía, y en aquella ocasión decidió serlo. Parecía estar muy excitado. Jamás le he visto tan deslumbrante. Habló de muchos temas en rápida sucesión: autos sacramentales, poesía medieval, violines Stradivarius, el budismo en Ceilán y los barcos de guerra del futuro. Conversaba sobre cada cuestión como si la hubiese estudiado a fondo. Su expansivo humor contrastaba con la profunda depresión de los días anteriores. Athelney Jones resultó ser un tipo sociable en su tiempo libre y se comportó como un *bon vivant* durante toda la cena. Y por lo que respecta a mí mismo, me sentía eufórico al presentir que el final de nuestra aventura estaba cerca y me contagié de la alegría de Holmes. Ninguno de nosotros hizo mención durante la cena a los hechos que nos habían llevado a reunirnos.

Una vez se retiró el mantel, Holmes miró su reloj y llenó tres vasos con oporto.

—Un brindis —dijo— por el éxito de nuestra pequeña expedición. Ya es hora de que nos marchemos. ¿Tiene usted una pistola, Watson?

—Tengo mi viejo revólver de servicio en el escritorio.

—Creo que es mejor que lo lleve consigo. Conviene ir preparados. El coche está en la puerta. Pedí que estuviese aquí a las seis y media.

Eran las siete pasadas cuando llegamos al muelle de Westminster y nuestra lancha nos estaba ya esperando. Holmes la inspeccionó con ojo crítico.

—¿Hay algo que la delate como embarcación de la policía?

—Sí, la luz verde en el costado.

—Retírenla.

Se realizó esa pequeña modificación, subimos a bordo y soltamos amarras. Jones, Holmes y yo nos sentamos a popa. Un hombre llevaba el timón, otro se encargaba de alimentar la caldera y por delante había dos fornidos inspectores de policía.

—¿Adónde vamos? —preguntó Jones.

—Hacia la Torre. Dígales que se detengan enfrente de Jacobson's Yard.

Nuestra embarcación era muy veloz. Pasamos por entre el tráfico de gabarras cargadas como si estuviesen detenidas. Holmes sonrió al ver cómo adelantábamos y dejábamos atrás una lancha a vapor.

—Deberíamos ser capaces de dar caza a cualquier embarcación del río —dijo.

—Bueno, no tanto. Pero hay pocas lanchas capaces de darnos esquinazo.

—Tenemos que cazar a la Aurora. Y tiene fama de ser realmente rápida. Le contaré cómo andan las cosas,

Watson ¿Recuerda lo molesto que estaba por hallarse atascado en una cuestión tan nimia?

—Sí.

—Obligué a mi mente a descansar enfrascándome en un análisis químico. Uno de nuestros grandes estadistas dijo en una ocasión que la mejor manera de descansar es cambiar de ocupación. Y así es. Una vez conseguí disolver el hidrocarburo con el que me puse a trabajar, volví a reconsiderar esta cuestión. Mis muchachos habían rastreado el río en ambos sentidos sin resultado. La lancha no estaba en ningún muelle ni había regresado a casa. Y aunque siempre existió como última posibilidad que la hubiesen hundido para borrar sus huellas, no lo creía probable. Sabía que Small era capaz de un cierto grado de astucia, pero no muy refinada, pues esta solo se consigue normalmente gracias a una buena educación. Entonces me di cuenta de que él llevaba obviamente algún tiempo en Londres (pues había mantenido una estrecha vigilancia sobre Pondicherry Lodge) y que no podría simplemente salir huyendo. Necesitaría algo de tiempo para cerrar sus asuntos aquí. Aunque fuese solo un día. Era lo más probable al menos.

—Parece un poco cogido por los pelos —dije—. Es más probable que lo hubiese zanjado todo antes de ponerse en marcha.

—No, no lo creo. Su guarida era demasiado vital en caso de emergencia como para que se hubiese deshecho de ella antes de estar seguro de que ya no la necesitaba. Pero me di cuenta de un segundo punto. Jonathan Small tuvo que ser consciente de que el aspecto de su compañero, por muy bien disfrazado que fuera, llamaría la atención, y era posible que eso le relacionase con lo sucedido en Norwood. Es lo suficientemente inteligente como para darse cuenta de algo así. Salieron de su escondite protegidos por la noche y seguramente deseaban volver a él antes de que fuese pleno día. Según la señora Smith, cogieron la lancha a eso de las tres. En una hora sería de día y habría bastante gente por la calle. Por tanto, pensé, no les pudo dar tiempo a ir muy lejos. Dieron una buena suma a Smith para comprar su silencio, alquilaron su lancha para la huida final y corrieron a su escondite con la caja del tesoro. Al cabo de unos días, una vez viesen cómo andaban las cosas, y si había o no peligro, se dirigirían protegidos por la oscuridad de la noche a algún barco anclado en Gravesend o Downs para el que ya tendrían pasajes sin duda, y desde ahí pondrían rumbo a América o las colonias.

—¿Y qué pasa con la lancha? No pueden haberla escondido en su guarida.

—Efectivamente. Deduje que, a pesar de parecer invisible, la lancha no debía andar muy lejos. Me puse en el lugar de Small y me enfrenté al problema como lo hubiera hecho él. Seguramente se dio cuenta de que dejar la lancha en cualquier muelle o enviarla de regreso era peligroso si la policía iba detrás de él. ¿Cómo conseguir esconderla y al mismo tiempo tenerla a mano? Imaginé qué haría yo de ser él. Y solo se me ocurrió una posibilidad. Enviarla a un astillero o a un taller con la excusa de realizar una reparación menor. De esta manera sería retirada al astillero o a una nave y quedaría escondida sin dejar de estar disponible en pocas horas.

—Parece sencillo.

—Este tipo de cosas tan simples son las que con frecuencia se pasan por alto. Decidí actuar de acuerdo a esta posibilidad. Me puse el disfraz de marino e investigué en todos los astilleros que hay río abajo. No tuve éxito en quince de ellos, pero en el número dieciséis, Jacobson's, me dijeron que un hombre con una pata de palo les había llevado la Aurora hacía dos días; quería que revisasen el timón. «Ese timón está en perfecto estado», me dijo el capataz. «Ahí lo tiene, con sus rayas rojas.» En ese momento llegó Mordecai Smith, el dueño desaparecido. Estaba completamente borracho. No le hubiese reconocido, naturalmente, pero gritó su nombre y el de la lancha. «Quiero que esté lista a las ocho esta noche», dijo. «Atención, a las ocho en punto. Dos caballeros que no están dispuestos a esperar la necesitan.» Era obvio que le habían pagado bien, pues no hacía más que lanzar chelines a los trabajadores y presumir de dinero. Le seguí un trecho, pero se metió en una taberna. Así que regresé al astillero. De camino me encontré por casualidad con uno de mis muchachos y le dejé allí vigilando la lancha. Debe mantenerse en la orilla del río y ondear su pañuelo cuando la lancha se ponga en marcha. Estaremos esperando en el río y algo muy raro tendría que pasar para que no capturemos hombres, tesoro y todo.

—Lo ha planeado todo muy bien, tanto si son los hombres que buscamos como si no —dijo Jones—, pero si yo estuviese al mando enviaría una patrulla de policía al astillero Jacobson's y los arrestaría en cuanto apareciesen.

—Lo que no sucedería jamás. Este Small es un hombre muy desconfiado. Mandará a alguien de avanzadilla y si ve algo sospechoso permanecerá oculto otra semana.

—Pero podría usted seguir a Mordecai Smith y que fuese él quien le guiase hasta su escondite —dije.

—En ese caso hubiese perdido todo el día. Es altamente probable que Smith no sepa dónde viven. Mientras le paguen bien y tenga todo el alcohol que quiera, ¿para qué va a hacer preguntas? Le dirán lo que debe hacer a través de mensajes. He considerado todas las alternativas posibles y esta es la mejor.

Mientras se desarrollaba esta conversación habíamos estado pasando bajo el gran número de puentes que cruzan el Támesis. Los últimos rayos de sol refulgían en la cruz de San Pablo cuando pasábamos al lado de la City y ya caía el crepúsculo cuando llegamos a la Torre.

—Ese es el astillero Jacobson's —dijo Holmes señalando a un gran número de mástiles y jarcias del lado de Surrey—. Naveguen despacio arriba y abajo resguardándonos de esas luces —sacó del bolsillo un par de binoculares nocturnos y escudriñó la orilla durante un rato—. Veo a mi centinela en su puesto —señaló—, pero ni rastro de un pañuelo.

—¿Qué tal si avanzamos un poco río abajo y les esperamos allí? —sugirió muy excitado Jones.

Para entonces ya estábamos todos deseosos de entrar en acción. Incluso los policías y los fogoneros, quienes no tenían mucha idea de lo que estaba pasando.

—No podemos dar nada por sentado —respondió Holmes—. La probabilidad de que vayan río abajo es de diez a uno, pero no lo sabemos con seguridad. Desde donde estamos podemos ver la salida del astillero sin ser vistos. Será una noche clara y habrá mucha luz. Debemos quedarnos donde estamos. Miren el enjambre de hombres allá lejos a la luz de las farolas.

—Salen de trabajar en el astillero.

—Una pandilla de bribones de aspecto sucio. Supongo que cada uno de ellos encierra en su interior una chispa inmortal. Aunque nadie lo diría al mirarlos. Nada lo indica *a priori*. ¡El ser humano es todo un enigma!

—Hay quien lo define como un alma encerrada en un animal —sugerí.

—Winwood Reade es un buen estudioso del tema —dijo Holmes—. Él afirma que si bien el hombre como individuo es un enigma sin solución, agrupado se convierte en una ley matemática. Así, por ejemplo, es imposible predecir lo que hará un hombre en particular, pero sí se puede prever con precisión lo que hará un determinado número de ellos. Los individuos cambian, pero los porcentajes permanecen invariables. Al menos eso es lo que dice el experto en estadística. ¿Eso es un pañuelo? Sin duda algo blanco se mueve allá a lo lejos.

—Sí, es su chico —grité—. Puedo verle con claridad.

—Y ahí va la Aurora —exclamó Holmes—, como si le persiguiera el diablo. A toda máquina, maquinista, siga a la lancha que lleva la luz amarilla. Por Dios que no me perdonaría jamás que se nos escapase.

La lancha se había deslizado inadvertidamente fuera del astillero, pasando por entre dos o tres embarcaciones pequeñas, y había ganado velocidad antes de que la viésemos. Avanzaba corriente abajo, próxima a la orilla y a una velocidad endiablada. Jones miró la lancha con preocupación y sacudió la cabeza.

—Es una lancha muy rápida —dijo—. No creo que la alcancemos.

—¡Debemos alcanzarla! —exclamó Holmes entre dientes—. ¡Venga, fogoneros! Llevad la máquina al límite. Tenemos que alcanzarlos aunque destruyamos este barco.

Estábamos ya detrás de ella. Las calderas rugían y los potentes motores silbaban y resonaban como un gran corazón de metal. La proa afilada y elevada de nuestra lancha cortaba las aguas a nuestro paso, abriendo dos olas a derecha e izquierda. La vibración de los motores la hacía temblar como si de un ser vivo se tratara. Un gran foco amarillo a proa lanzaba un gran chorro de luz oscilante por delante de nosotros. Mucho más adelante, una mancha oscura y borrosa indicaba la posición de la Aurora. El torbellino de espuma blanca que dejaba como estela era señal de la gran velocidad a la que avanzaba. Pasamos como relámpagos al lado de vapores, barcos de carga y gabarras, zigzagueando entre ellos, detrás de este y adelantando a aquel otro. Muchas voces nos gritaban desde la oscuridad, pero la Aurora seguía marchando como una centella y nos afanábamos en seguirla.

—¡Más carbón, más carbón! —gritaba Holmes con la cabeza dentro del cuarto de máquinas. El brillo de las llamas iluminaba su rostro aquilino—. Saquen toda la potencia que podáis.

—Creo que nos estamos acercando —dijo Jones con los ojos puestos en la Aurora.

—Estoy seguro de ello —dije—. Estaremos a su altura en pocos minutos.

En ese maldito instante cruzó por delante de nosotros un remolcador tirando de un convoy de tres gabarras. Tuvimos que dar un golpe de timón para evitar el choque y para cuando conseguimos rodearlo y perseguir de nuevo a la Aurora, esta nos ganaba ya por doscientas buenas yardas. Seguía, sin embargo, a la vista mientras la turbia e incierta luz del crepúsculo daba paso a una brillante noche cuajada de estrellas. Nuestras calderas trabajaban a toda capacidad, y el frágil casco temblaba y crujía debido a la velocidad de avance que le imponíamos. Cruzábamos el agua a toda velocidad y habíamos dejado atrás los muelles de la compañía West India, la parte del río conocida como Deptford Reach, y de nuevo íbamos en línea recta tras haber rodeado la isla de Dogs. La mancha borrosa que teníamos delante se clarificaba ya en la esbelta Aurora. Jones la iluminó con nuestro foco y pudimos ver claramente las personas que iban sobre su cubierta. Un hombre estaba sentado a popa, inclinado sobre algo negro que sujetaba entre sus rodillas. A su lado había una masa oscura que parecía un perro terranova. El chaval sujetaba la caña del timón y pude ver recortado sobre el rojo resplandor de la caldera a Smith, con el tronco desnudo, dando paletadas de carbón como si le fuera en ello la vida. Es posible que al principio no tuviesen claro si les perseguíamos o no, pero ahora que íbamos pegados a ellos en cada recodo y en cada giro que daban, no podían tener ni la menor duda. En Greenwich no podíamos estar a más de trescientos pasos de ellos. Al llegar a Blackwall estábamos a menos de doscientos cincuenta pasos. A lo largo de mi tumultuosa vida he tenido ocasión de ir tras muchas criaturas, pero jamás había sentido, durante la persecución de una pieza, una excitación semejante a la que esta cacería humana a lo largo del Támesis me hacía sentir. Poco a poco conseguíamos alcanzarles, yarda a yarda En el silencio de la noche podíamos oír los gemidos y choques metálicos de su máquina. El hombre situado a popa seguía inclinado sobre algo y sus brazos se movían sin descanso realizando alguna labor. De tanto en tanto se giraba hacia nosotros para medir la distancia que nos separaba. Cada vez nos aproximábamos más. Jones les gritó que se detuvieran. No estábamos a más de cuatro cuerpos de distancia. Ambas embarcaciones parecían volar debido a la velocidad a la que nos movíamos. Llegamos a una parte del río sin apenas tráfico, con Barking Level a un lado y los melancólicos pantanos Plumstead al otro. Al oír nuestra orden, el hombre de popa se levantó de un salto y, agitando sus puños contra nosotros, empezó a maldecirnos en alta voz. Su voz restallaba como un látigo. Era un hombre de cierta envergadura y fuerte. Al ponerse en pie pude observar que, de muslo hacia abajo, su pierna derecha la formaba un miembro de madera. Sus estridentes gritos hicieron que el montón arrebujado sobre el puente se moviera hasta convertirse en un diminuto hombrecillo, el más pequeño que he visto jamás, con una cabeza de extraña forma y de gran tamaño, a la que llevaba pegado un puñado de pelo revuelto y desaliñado. Holmes empuñaba ya su revólver y yo desenfundé el mío en cuanto vi a esta deforme criatura salvaje. Iba envuelto en una especie de túnica o sábana que solo permitía ver su cara, pero la simple visión de esta podía impedir conciliar el sueño. Nunca he visto unos rasgos en los que pueda apreciarse de semejante manera la bestialidad y la crueldad. Sus pequeños ojos brillaban de manera desasosegante y la mueca de sus gruesos labios dejaba al descubierto sus dientes, que hacía rechinar con la furia de un animal.

—Dispare en caso de que levante una mano —me dijo Holmes en voz baja.

Estábamos ya a menos de un cuerpo de ellos. Casi los podíamos tocar. Todavía puedo ver a los dos hombres de pie, el blanco con las piernas separadas y lanzando maldiciones contra nosotros y el enano maldito, de horrible rostro, rechinando los dientes a la luz de nuestro foco.

Fue providencial el que pudiésemos verle con tanta claridad, pues, a pesar de que le estábamos observando, sacó de debajo de su túnica una pequeña pieza de madera que parecía una regla y se la llevó a los labios. Nuestras pistolas dispararon a la vez. Giró, levantó los brazos y, tras una tos ahogada, cayó al agua. El remolino de las aguas me permitió ver por un instante sus malvados y amenazantes ojos. En ese instante, el hombre de la pata de palo se lanzó contra el timón y lo giró bruscamente. Esto hizo que su lancha se dirigiera rápidamente hacia la orilla sur mientras que nosotros les adelantábamos sin chocar contra su popa por unos pocos pies. Nos situamos detrás de ella en un instante, pero su lancha estaba prácticamente ya en la orilla. Era un lugar desolado y salvaje; la luz de la luna permitía ver una zona pantanosa de agua estancada y vegetación en proceso de descomposición. Tras un sonido sordo, la lancha saltó sobre el fango de la orilla, con la proa levantada y el timón hundido en el agua. Nuestro fugitivo saltó a tierra, pero el tocón de su pierna se hundió instantáneamente en el fango. Luchó y tironeó en vano. No podía ni avanzar ni retroceder. Impotente de rabia, gritaba y pateaba inútilmente en el barro con la otra pierna para conseguir solo hundirse más. Una vez logramos aproximar nuestra lancha tuvimos que pasarle una cuerda alrededor de los hombros para poder sacarle del barro y arrastrarle, como si de un pez de gran tamaño se tratase, hasta nuestra cubierta. Los dos Smiths, padre e hijo, permanecían sentados en su lancha, apesadumbrados, pero vinieron a bordo de la nuestra sin oponer resistencia en cuanto se les conminó a ello. Desembarrancamos a la Aurora y nos siguió próxima a nuestra popa. Sobre nuestra cubierta estaba el robusto arcón de hierro de artesanía india, que, sin duda, era el mismo que había custodiado el tesoro de triste sino de los Sholto. No tenía llave, pero pesaba bastante y lo trasladamos cuidadosamente a nuestro pequeño camarote. A medida que remontábamos el río lentamente, iluminábamos con cuidado las aguas con nuestro foco a fin de encontrar al isleño, pero no vimos ni rastro de él, con lo que en algún lugar del fondo del Támesis deben descansar los huesos de tan peculiar visitante.

—Mire esto —exclamó Holmes señalando la escotilla de madera—. Tardamos demasiado en disparar.

Y allí, justo detrás de nosotros, clavado en la escotilla, estaba uno de los mortales dardos que conocíamos tan bien. Había pasado entre nosotros justo en el instante en el que abrimos fuego. Holmes sonrió y se encogió de hombros como si el hecho no tuviese la menor importancia, pero confieso que sentí pánico al pensar en la horrible muerte que nos había rondado tan cerca aquella noche.

11

El magnífico tesoro de Agra

El prisionero estaba sentado en nuestro camarote frente a la caja de hierro que tanto tiempo y esfuerzo le había costado conseguir. Era un tipo quemado por el sol, de aspecto temerario y cuyo rostro curtido estaba recorrido por un sinfín de arrugas. Todo en él indicaba que había llevado durante tiempo una dura vida al aire libre. La singular prominencia de su barbilla bajo la barba indicaba que no se trataba de alguien a quien se pudiese disuadir de sus propósitos con facilidad. Debía tener unos cincuenta años más o menos, pues sus oscuros y rizados cabellos poseían abundantes canas. Cuando estaba sereno, su rostro no era en absoluto desagradable, aunque las pobladas cejas y rotunda barbilla le conferían, como había tenido ocasión de ver recientemente, un aspecto aterrador cuando estaba furioso. Estaba sentado, esposado, con las manos sobre el regazo y la cabeza caída sobre el pecho, mirando con sus penetrantes y brillantes ojos la caja que había sido la causa de todas sus fechorías. Me dio la impresión de que sentía más dolor que rabia. Hubo un instante en el que me miró con lo que parecía un brillo de humor en la mirada.

—Vaya, Jonathan Small —dijo Holmes encendiendo un puro—, lamento que las cosas hayan terminado así.

—Yo también, caballero —respondió Small de todo corazón—. No creo que pueda salir bien librado de este asunto. Le doy mi palabra de que jamás levanté la mano contra el señor Sholto. Fue esa fiera salvaje de Tonga quien disparó uno de sus dardos envenenados contra él. Yo no tuve nada que ver. Lo lamenté tanto como si hubiese sido un familiar mío. Azoté al pequeño diablo con el extremo de la cuerda, pero ya no había remedio.

—Coja un puro —le dijo Holmes—; está usted empapado, será mejor que tome un trago de mi petaca. ¿Cómo pretendía usted que un hombre de una envergadura tan pequeña como la de ese controlara e inmovilizara al señor Sholto mientras usted trepaba por la cuerda?

—Parece saber lo que sucedió como si también hubiese estado allí. La verdad es que yo esperaba que no hubiese nadie en la habitación. Conocía bastante bien las costumbres de los habitantes de la casa y a esa hora el señor Sholto solía bajar a cenar. No ocultaré nada de lo que pasó. Lo mejor que puedo hacer en mi defensa es contar la pura verdad. Si se hubiese tratado del viejo mayor, me hubiese importado un cuerno que me ahorcasen por acabar con él. Para mí, clavarle un cuchillo hubiese supuesto lo mismo que fumarme este puro. Pero es mi maldita suerte que al final acabe pagando la muerte de este otro Sholto contra el que no tenía nada.

—Está usted al cargo del señor Athelney Jones. Él le llevará a mis habitaciones y allí le pediré que me haga un relato pormenorizado de los hechos. Le conviene contarlo todo; podría resultarle beneficioso. Creo que puedo demostrar que ese veneno es tan rápido que aquel hombre estaba ya muerto antes de que usted llegase a la habitación.

—Así fue. Nada en mi vida me ha golpeado igual que cuando entré en la habitación y le vi, con la cabeza apoyada sobre un hombro y aquella sonrisa. Casi me caigo redondo. Habría matado a Tonga si no se hubiese esfumado. Así fue como olvidó su maza y algunos de sus dardos, por lo que me dijo. Sospecho que ello fue lo que le puso a usted sobre nuestra pista. Pero que me aspen si sé cómo consiguió dar con nosotros. No le guardo ningún rencor, señor, pero es muy irónico —dijo con una amarga sonrisa— que yo, que soy el propietario de medio millón de libras, haya pasado la mitad de mi vida construyendo un espigón en las Andamán y ahora, probablemente, acabe pasando la otra mitad cavando desagües en Dartmoor. Maldito sea el día en el que vi al comerciante Achmet y me involucré en el asunto del tesoro de Agra, que para lo único que ha servido ha sido para colmar de desgracias a su propietario. A este le causó la muerte, al mayor Sholto, miedo y culpabilidad, y para mí va a significar la esclavitud de por vida.

En ese momento, los anchos hombros y la ruda cara de Athelney Jones hicieron irrupción en el camarote.

—Vaya, parece una reunión familiar —comentó—. Creo que daré un trago de esa petaca, Holmes. Deberíamos felicitarnos. Lástima que no pescáramos al otro con vida, pero fue irremediable. Apura usted mucho, Holmes; casi no conseguimos darles alcance.

—Nunca es tarde si la dicha es buena —dijo Holmes—. Pero, desde luego, no tenía ni idea de que la Aurora fuese así de veloz.

—Smith dice que es una de las lanchas más rápidas del río y que, de haber tenido otro hombre de fogonero con él, jamás los hubiésemos alcanzado. Jura que él no ha tenido nada que ver con todo este asunto de Norwood.

—Y es cierto —dijo nuestro prisionero—, ni una palabra. Elegí su lancha porque había oído que era muy rápida. No le contamos nada; pero le pagamos bien y, de haber conseguido llevarnos hasta Gravesend, a nuestro barco, el Esmeralda, que tiene como destino Brasil, hubiese recibido un buen regalo.

—En ese caso, si no ha hecho nada malo, nada le sucederá. Somos rápidos capturando a los hombres, pero no tanto para condenarlos. —Era divertido ver cómo el consecuente Jones empezaba a apuntarse un tanto por la captura. La ligera sonrisa que se dibujó en el rostro de Holmes indicaba que a él tampoco se le había pasado por alto ese detalle.

—Estamos a punto de llegar al puente Vauxhall —dijo Jones—, allí podrá desembarcar usted, doctor Watson, con el cofre del tesoro. Es algo muy irregular, y supongo que no es necesario que le recuerde que asumo una gran responsabilidad al consentirlo, pero un trato es un trato. Sin embargo, ya que llevará usted una mercancía tan valiosa, es mi deber hacer que le acompañe un policía. Irá en coche, supongo.

—Sí, cogeré un carruaje.

Es una lástima que no tengamos la llave, pues podríamos hacer el inventario antes de que se lo lleve. Deberá forzar la cerradura. ¿Qué ha hecho con la llave, caballero?

—Tirarla al fondo del río —respondió secamente Small.

—No era necesario que causase usted tantas complicaciones, ya hemos tenido bastante con capturarle. Huelga decir que debe tener mucho cuidado, doctor. Lleve el cofre de regreso a Baker Street, allí nos encontrará haciendo un alto antes de ir a la comisaría.

Me dejaron en Vauxhall, junto con la pesada caja de hierro y un policía campechano y afable. En un cuarto de hora, el coche nos llevó a casa de la señora Cecil Forrester. La criada pareció sorprendida de recibir una visita tan tarde. La señora Forrester había salido a pasar la tarde fuera y lo más probable era que regresase muy tarde. Pero la señorita Morstan se encontraba en el cuarto de estar. Y allí me dirigí, con el cofre en los brazos. El amable inspector se quedó en el coche.

Estaba sentada al lado de la ventana abierta. Su vestido era de un material diáfano de color blanco y tenía pequeños detalles en color rojo en el cuello y la cintura. La tenue luz de una lámpara caía sobre ella mientras permanecía recostada en el sillón de mimbre, jugueteando sobre sus rasgos y dando una tonalidad suavemente metálica a los rizos de su hermoso cabello. Un brazo le colgaba fuera del sillón, y toda su figura era la viva imagen de una profunda melancolía. Al oír mis pasos se puso súbitamente en pie y sus pálidas mejillas se sonrojaron debido a la sorpresa y a la alegría.

—He oído que se acercaba un carruaje y pensé que la señora Forrester regresaba muy pronto, pero jamás imaginé que sería usted. ¿Tiene alguna noticia para mí?

—Le traigo algo mejor que noticias —dije aparentando una alegría y jovialidad que no sentía en mi corazón, poniendo la caja sobre la mesa—. Le traigo algo que vale más que cualquier noticia, le traigo una fortuna.

Miró el cofre de hierro.

—¿Es esa la caja del tesoro? —preguntó con indiferencia.

—Sí, es el tesoro de Agra. La mitad le pertenece a usted y la otra mitad es de Sholto. Les corresponde un cuarto de millón a cada uno. ¡Piénselo! Unas rentas de más de diez mil libras al año. Habrá pocas damas más ricas que usted en toda Inglaterra. ¿No es estupendo?

Es posible que yo exagerase un poco, y ella detectase que mi alegría era fingida, pues arqueó ligeramente las cejas y me miró con curiosidad.

—Si está en mi poder —dijo—, se lo debo a usted.

—No, no —respondí—; no a mí, sino a mi amigo Sherlock Holmes. Por mucha voluntad que le hubiese puesto, yo jamás podría haber seguido las pistas que han puesto a prueba incluso su sorprendente inteligencia. De hecho, hemos estado a punto de echarlo todo a perder al final.

—Le ruego que se siente y me lo cuente todo, doctor Watson —me dijo.

Le conté brevemente todo lo que había sucedido desde la última vez que la vi. Referí el nuevo método de búsqueda que se le había ocurrido a Holmes, cómo habíamos dado con el paradero de la Aurora, la visita de Athelney Jones, nuestra expedición nocturna y la furiosa caza Támesis abajo. Escuchaba con la boca abierta y los ojos brillantes el relato de todas nuestras aventuras, pero cuando le conté lo cerca que habíamos estado de que nos alcanzase uno de los dardos envenenados, palideció tanto que pensé que iba a desmayarse.

—No es nada —me dijo cuando me apresuré a servirle un poco de agua—. Ya estoy bien. Me ha estremecido saber que he puesto a mis amigos en peligro.

—Ya ha pasado todo —respondí—. No ha sido para tanto. No le contaré más detalles escabrosos. Pasemos a algo más agradable. Tenemos aquí el tesoro, ¿qué podría ser más agradable que eso? Se me ha autorizado a traerlo hasta aquí, pues pensamos que le gustaría verlo antes que nadie.

—Me gustaría mucho verlo —dijo.

Pero no había mucho entusiasmo en su voz. Sin duda se había dado cuenta de que podría resultar desconsiderado por su parte no demostrar interés por algo que tanto trabajo había costado conseguir.

—¡Qué caja más bonita! —dijo inclinándose sobre ella—. Supongo que se trata de artesanía india, ¿no es así?

—Sí, metalistería de Benarés.

—¡Cómo pesa! —exclamó al intentar levantarla—. La misma caja debe ser valiosa. ¿Dónde está la llave?

—Small la tiró al río —contesté—. Tendré que utilizar el atizador de la señora Forrester.

El cofre tenía en su parte delantera un cierre ancho y grueso forjado en la imagen de Buda. Inserté bajo él el atizador y lo utilicé como palanca. El cierre saltó con un ruidoso chasquido. Me temblaba la mano cuando levanté la tapa. Ambos miramos sorprendidos el contenido, ¡la caja estaba vacía!

No era de extrañar que fuese tan pesada: toda ella tenía un grosor próximo a los dos tercios de pulgada.[1] Era un cofre muy bien terminado, sólido y resistente,

1. Algo más de un centímetro y medio. *(N. de la E.)*

132

construido para guardar objetos de gran valor. Pero en su interior no quedaba ni rastro de algún metal precioso o joya alguna. Estaba completa y absolutamente vacío.

—El tesoro ha desaparecido —dijo tranquilamente la señorita Morstan.

Al oír sus palabras y darme cuenta de lo que significaban, fue como si me quitasen un losa de encima. No había sido consciente del peso que significaba este tesoro en mi alma hasta que hubo desaparecido. Me sentía egoísta, culpable y traidor, pero me di cuenta de que era nada más y nada menos que la barrera de oro que existía entre nosotros lo que acababa de desaparecer.

—¡Gracias a Dios! —exclamé sin poder contenerme. Ella me miró intrigada con una rápida sonrisa.

—¿Por qué dice eso? —preguntó.

—Porque vuelvo a aspirar a usted —dije tomándola de la mano. Ella no la apartó—. Mary, te amo. Más de lo que ningún hombre ha amado nunca a una mujer. Este tesoro, esta riqueza, sellaba mis labios. Ahora que ya no existe puedo decirte lo mucho que te amo. Por eso dije: «¡Gracias a Dios!».

—En ese caso, también yo diré: «¡Gracias a Dios!» —susurró mientras la apretaba contra mí.

Puede que alguien perdiera un tesoro, pero sabía que aquella noche yo acababa de encontrar el mío.

12

El sorprendente relato de Jonathan Small

El policía que me esperaba en el carruaje demostró ser un hombre paciente, pues pasó mucho rato antes de que me reuniese con él de nuevo. Su rostro se ensombreció cuando le mostré la caja vacía.

—¡Adiós a la recompensa entonces! —dijo con tristeza—. Si no hay dinero, no hay paga. De haber contenido el tesoro, esta noche de trabajo nos hubiese supuesto a Sam Brown y a mí diez libras.

—El señor Thaddeus Sholto es un hombre rico —le dije—; con tesoro o sin él, les recompensará.

El policía agitó la cabeza, abatido, e insistió:

—Mal asunto. Y al señor Athelney Jones no le va a gustar nada.

Y acertó. El detective se quedó perplejo cuando al llegar a Baker Street le mostré el cofre vacío. Acababan de llegar él, Holmes y el prisionero, pues decidieron pasar finalmente por comisaría antes de ir a Baker Street. Mi compañero estaba tirado en el sofá con su habitual expresión lánguida, mientras Small estaba sentado enfrente de él, impasible, con su pierna de madera cruzada sobre la buena. Cuando mostré la caja vacía, se rio ruidosamente.

—Esto es cosa suya —le dijo Jones airado.

—Sí, lo he puesto donde jamás lo encontrarán —explicó triunfante—. Ese tesoro es mío y si yo no puedo disfrutarlo, me he ocupado de que nadie más pueda hacerlo. Ningún hombre sobre el planeta tiene derecho alguno sobre él, salvo los tres prisioneros del penal de Andamán y yo. Sé que ni yo ni ellos podremos disfrutar de él y he actuado en consecuencia. Nos hemos mantenido fieles al documento que los cuatro firmamos. Sé que ellos hubiesen actuado como yo lo he hecho. Prefiero que el tesoro esté en el fondo del Támesis a que llegue a manos de ningún pariente de Sholto o Morstan. No acabamos con Achmet para que ellos se enriquecieran. Encontrará el tesoro en el mismo sitio donde están el pequeño cuerpo de Tonga y la llave. Cuando vi que nos darían ustedes alcance, puse el tesoro en donde no pudieran cogerlo. No van a conseguir propina por este trayecto.

—Miente, Small —dijo Jones con severidad—; si de verdad se hubiese tirado el tesoro al Támesis, le habría sido más fácil lanzarlo con su cofre.

—Más fácil para mí y más fácil para que ustedes lo recuperaran —contestó con una sagaz mirada de soslayo—. El hombre que fue capaz de dar conmigo hubiese sido capaz de recuperar una caja de hierro del fondo del río. Ahora está esparcido a lo largo de unas cinco millas y resulta algo más difícil. Mi corazón se fue con él mientras lo lanzaba por la borda. Pero he pasado por muchas cosas en mi vida, me ha ido bien y me ha ido mal, y he aprendido a no mirar atrás.

—Esto es algo muy serio, Small —dijo el detective—. Si hubiese colaborado con la justicia en vez de entorpecerla, podría haber tenido algo a su favor en el juicio.

—¡Justicia! —se mofó el expresidiario—. ¡Bonita justicia! ¿A quién pertenecía este tesoro si no era a nosotros? ¿Dónde está la justicia que debería aplicarse a los que jamás se lo ganaron? Miren lo que yo he conseguido: veinte años en una ciénaga podrida plagada de fiebre, trabajando en los manglares todo el día y encadenado en la barraca de los presidiarios por la noche, comido por los mosquitos, devorado por el paludismo y torturado por cualquier policía de color a quien le apeteciese tomarla con un blanco. Así fue como conseguí ser merecedor del tesoro de Agra, y ustedes ¡me hablan de justicia porque no me resigné a pagar semejante precio para luego permitir que otro hombre lo disfrute! Hubiese preferido dejarme ahorcar cien veces o recibir uno de los dardos de Tonga, antes que seguir viviendo en una celda sabiendo que otro hombre vive en un palacio gracias a mi dinero.

Small se había quitado la máscara de estoicismo. Su relato fue un torbellino feroz de palabras pronunciadas con ojos encendidos mientras las esposas no dejaban de sonar al seguir el apasionado movimiento de sus manos. Al verle demostrar la furia y pasión que sentía, comprendí que el terror que el mayor Sholto sentía al saberse perseguido por este presidiario ofendido no era infundado.

—Olvida que nosotros no sabemos nada de todo esto —le dijo Holmes con tranquilidad—. Todavía no hemos oído su versión y no podemos saber el grado de injusticia cometido con usted.

—Usted me habla con mucha consideración, aunque creo saber que es gracias a usted que llevo estas esposas. Pero no le guardo ningún rencor por ello; ha sido justo y sin trampas. No tengo nada que ocultar si lo que desea es escuchar mi historia. Todo lo que diga será la pura verdad. Gracias, ponga el vaso a mi lado si es tan amable y así puedo llevármelo a los labios, pues estoy seco.

»Soy del condado de Worcestershire, nací cerca de Pershore. Me atrevería a asegurar que hay una buena cantidad de Smalls por allí si le da por investigar. Alguna vez he sentido la tentación de volver por allí, pero la verdad es que mi familia nunca se sintió muy orgullosa de mí y dudo que se alegrasen de verme. Eran pequeños granjeros, gente trabajadora, de esos que van a la iglesia todos los domingos, conocidos y respetados en toda la comarca, mientras que yo en cambio siempre fui un vagabundo. Finalmente, cuando cumplí dieciocho años dejé de darles problemas, pues me metí en un lío de faldas del que solo pude librarme alistándome al servicio de su majestad en el Tercer Regimiento, que partía hacia la India entonces.

»No estaba destinado a ser soldado durante mucho tiempo. Acababa de aprender a marcar el paso de la oca y a manejar mi mosquete cuando fui lo suficientemente estúpido como para meterme a nadar en el Ganges. Afortunadamente para mí, el sargento de mi compañía, John Holder, estaba en el agua conmigo y era uno de los mejores nadadores de la compañía. Un cocodrilo me atacó cuando estaba a medio camino de la orilla y me arrancó con la misma limpieza que un cirujano la pierna derecha, justo por encima de la rodilla. Entre el shock y la pérdida de sangre me desmayé, y me hubiese ahogado de no ser por Holder, quien me agarró y me llevó a la orilla. Estuve ingresado en un hospital durante cinco meses y, cuando finalmente fui capaz de salir cojeando de allí con este miembro de madera sujeto a mi pierna, me encontré con que no era apto para el servicio ni para ninguna ocupación física.

»Como se pueden imaginar, estaba muy decaído, pues no era más que un inútil inválido a pesar de que todavía no había cumplido veinte años. Sin embargo, mi desgracia acabó convirtiéndose en una bendición. Un tal Abel White, cultivador de índigo, necesitaba un capataz que vigilase a sus coolies[1] y les hiciese trabajar. Y resultó ser un gran amigo de nuestro coronel, quien se había interesado mucho por mí a raíz de mi accidente. Abreviando, nuestro coronel abogó por mí insistentemente, y como gran parte del trabajo había que hacerlo a caballo y yo conservaba prácticamente todo el muslo, podía sujetarme a la silla sin problemas y mi pierna no suponía un obstáculo. Mi trabajo consistía en recorrer la plantación a caballo, vigilar a los hombres mientras trabajaban e informar de los que haraganeasen. La paga era buena, mi alojamiento, cómodo y, en general, me sentía contento de pasar el resto de mi vida en la plantación de añil. El señor Abel White era un hombre amable y con frecuencia se pasaba por mi cabaña a fumar una pipa en mi compañía, pues los blancos de por allí se vuelven más sociables entre ellos de lo que lo son por aquí.

»Las rachas de buena suerte nunca me duraron mucho. De repente, y sin previo aviso, se desató un

1. Nombre dado por los colonos ingleses a los criados o trabajadores nativos. (*N. de la E.*)

gran motín.[2] Un día la India era un lugar perfectamente pacífico y tranquilo, como pueden serlo Surrey o Kent, y al día siguiente todo era un auténtico infierno por el que campaban cien mil demonios negros. Pero, naturalmente, ustedes, caballeros, saben perfectamente de lo que hablo. Seguramente mejor que yo, ya que nunca fui amigo de leer mucho. Solo sé lo que vi con mis propios ojos. Nuestra plantación estaba en un lugar llamado Muttra, próximo a la frontera con las provincias del norte. Todas las noches la oscuridad del cielo se iluminaba debido a los *bungalows* en llamas y todos los días veíamos grupos de europeos con sus mujeres e hijos que atravesaban nuestro estado hacia Agra, donde estaba el destacamento más cercano. El señor Abel White era un hombre muy terco. Se empeñó en que todo el asunto no era más que una exageración y que desaparecería de la misma manera que había aparecido. Se sentaba en su porche a beber whisky y fumar puros mientras todo el país ardía a su alrededor. Naturalmente, permanecimos a su lado, Dawson y yo. Junto con su mujer, él se encargaba de la administración y de la intendencia. Y entonces, un día todo se fue al garete. Yo había estado en una plantación lejana y cabalgaba lentamente de vuelta a casa por la tarde. Y de repente vi algo amontonado al final de un escarpado *nullah*.[3] Llevé al caballo hasta allí para ver qué era y me quedé helado al comprobar que se trataba de la mujer de Dawson, mutilada y medio devorada por chacales y perros salvajes. Un poco más adelante en el camino

2. Hace referencia a la rebelión de los cipayos, soldados nativos que servían en el ejército británico en la India. *(N. de la E.)*
3. Barranco escarpado, acequia. *(N. de la T.)*

encontré a Dawson, boca abajo, muerto, con un revólver con el cargador vacío en la mano y cuatro cipayos muertos frente a él. Tiré de las riendas de mi caballo intentando decidir qué hacer, pero en ese momento vi las espirales de un humo muy denso que ascendían desde el *bungalow* de Abel White. Las llamas empezaban a prender en el techo. Supe que ya no podía hacer nada por mi patrón, salvo desperdiciar mi vida si intervenía. Desde donde estaba podía ver a cientos de nativos exaltados que todavía llevaban las casacas rojas puestas y danzaban y aullaban alrededor de la casa en llamas. Algunos me señalaron con el dedo y un par de balas silbaron cerca de mi cabeza. Así que hui a través de los campos de arroz y esa noche me encontré a resguardo dentro de las murallas de Agra.

»Resultó que allí dentro tampoco existía mucha protección, pues todo el país era un enorme avispero. Los ingleses solo eran capaces de proteger las pequeñas porciones de terreno que quedaban dentro del alcance de sus pistolas, pero fuera de ahí no eran más que fugitivos desamparados. Unos cientos luchaban contra millones. Y lo más cruel es que los hombres contra quienes luchábamos, las tropas de a pie, la caballería y la artillería, habían sido parte de nuestro ejército. Entrenados por nosotros, los habíamos armado y habían compartido la vida militar con nosotros. En Agra quedaban el Tercer Regimiento de Fusileros Bengalíes, algunos *sikhs*,[4] dos compañías de caballería y una batería de artillería. A pesar de mi pierna, me uní a un cuerpo de voluntarios recién formado integrado por oficinistas y comercian-

4. El sijismo es una religión monoteísta fundada en la India en el siglo XVI. *(N. de la E.)*

tes. A principios de julio fuimos hasta Shahgunge para enfrentarnos a los rebeldes y los mantuvimos a raya una temporada, pero nos quedamos sin pólvora y tuvimos que replegarnos de vuelta a la ciudad.

»Solo recibíamos malas noticias, lo cual no es sorprendente si se tiene en cuenta que estábamos justo en el centro del meollo, como pueden comprobar si consultan un mapa. Lucknow está a unas cien millas al este y Cawnpore poco más o menos a la misma distancia hacia el sur. Desde cada punto cardinal nos llegaban solo informes de torturas, asesinatos y atrocidades.

»Agra es una ciudad enorme, llena a rebosar de fanáticos y adoradores de cualquier tipo de demonio. Nuestros escasos hombres se perdían por las tortuosas y estrechas callejuelas. Nuestro líder cruzó el río y se atrincheró en el antiguo fuerte de Agra. No sé si alguno de ustedes, caballeros, ha leído u oído algo de ese viejo fuerte. Es un lugar muy inquietante; el lugar más inquietante en el que jamás estuve. Y he estado en sitios muy raros. Lo primero de todo es su descomunal tamaño. El recinto que encierra debe ser de acres y más acres. Tiene una parte moderna en la que se instalaron nuestras tropas, mujeres, niños, almacenes y todo lo demás, y sobró espacio. Pero la parte moderna no tiene nada que ver con la antigua, que nunca visita nadie y que es del dominio de ciempiés y escorpiones. Está llena de grandes salas desiertas, pasadizos tortuosos y largos pasillos que cambian continuamente de dirección, con lo que no es nada difícil perderse. Por eso, nadie solía ir por allí, aunque de cuando en cuando podía verse a alguna expedición de exploradores con antorchas adentrarse por ella.

»El río discurre a lo largo de la fachada principal

del fuerte y lo protege así, pero los laterales y la parte trasera están llenos de puertas que hay que proteger, tanto en la parte antigua como en la moderna, donde estaban nuestras tropas. Estábamos desbordados, apenas teníamos hombres para cubrir las esquinas del edificio y atender los cañones. Nos resultaba por tanto del todo imposible estacionar un gran número de hombres en todas las innumerables puertas. Lo que hicimos fue establecer un puesto de guardia principal en medio del fuerte y dejar cada puerta al cargo de un blanco y dos o tres nativos. Se me eligió para ser responsable de la vigilancia durante algunas horas de la noche de una pequeña puerta remota en el flanco sudoeste del edificio. Tenía dos soldados *sikhs* a mis órdenes y se me dijo que si algo iba mal y necesitaba refuerzos, disparase mi mosquete e inmediatamente recibiría ayuda del puesto principal. La verdad es que dudaba que en caso de que fuésemos atacados pudiese recibir a tiempo ayuda de ellos, pues estaban a más de doscientos pasos de distancia y, además, un laberinto de pasillos y pasadizos se interponía entre nosotros.

»La verdad es que me sentía muy orgulloso de que se me hubiese encomendado esta responsabilidad, pues no era más que un recluta recién llegado y además impedido de una pierna. Durante dos noches hice la guardia con mis punjabíes. Eran dos tipos altos y de aspecto fiero. Se llamaban Mahomet Singh y Abdullah Khan. Habían sido militares durante mucho tiempo y habían combatido contra nosotros en Chilian Wallah. Hablaban inglés bastante bien, pero casi no conseguí comunicarme con ellos, pues preferían pasar el rato juntos y parlotear en su rara jerga *sikh* toda la noche. Por mi parte, yo prefería pasar el rato fuera de la puerta, mirando al ancho y tortuoso río y las luces parpadeantes de la gran ciudad. Los tambores, el ruido de los tam-tams, los gritos y aullidos de los rebeldes, borrachos de opio y de *bhang*,[5] bastaban para que no olvidásemos a los peligrosos vecinos que teníamos enfrente de noso-tros. Cada dos horas el oficial de noche pasaba por to-dos los puestos de guardia para cerciorarse de que todo iba bien.

»Mi tercera noche de guardia resultó ser oscura y sucia, barrida por la lluvia. Resultaba deprimente per-manecer hora tras hora de pie en la puerta, con ese tiempo. Intenté insistentemente iniciar alguna conver-sación con los *sikhs*, pero no tuve mucho éxito. A las dos de la madrugada pasó la ronda y, por un momento, cesó la monotonía de la noche. Al darme cuenta de que era imposible entablar una conversación con mis com-pañeros, saqué mi pipa y dejé el mosquete en el suelo para encender la cerilla. En ese momento los dos sikhs se abalanzaron sobre mí. Uno cogió mi arma y me apuntó con ella a la cabeza mientras que el otro puso un enorme cuchillo en mi cuello y me juró entre dientes que lo hundiría en mí si me movía.

»Lo primero que pensé fue que estos dos estaban conjurados con los rebeldes y que se trataba del inicio de un ataque. Si nuestra puerta pasaba a manos de los cipayos, todo el fuerte caería y las mujeres y niños reci-birían el mismo trato que habían recibido en Cawnpore. Es posible que ustedes caballeros crean que lo único que estoy intentando es defenderme, pero les doy mi palabra de que en el momento en el que sentí la hoja del

5. Bebida preparada a base de hojas de la planta *Cannabis sati-va* (marihuana). *(N. de la E.)*

cuchillo en mi garganta pensé en dar un grito de alarma, aunque fuese el último que diese, y alertar a la guardia. El hombre que me sujetaba tuvo que darse cuenta de lo que yo estaba pensando porque, aunque me preparé para gritar, me susurró: "No haga ningún ruido. El fuerte no corre peligro. No hay ningún perro traidor a este lado del río". Sentí que había verdad en sus palabras y me di cuenta de que si gritaba era hombre muerto. Lo vi en sus ojos de color marrón. Esperé por tanto a que me dijesen qué era lo que querían de mí.

»—Escúchame, *sahib* —dijo el más alto y fiero de los dos, al que llamaban Abdullah Khan—. Debes elegir entre estar con nosotros o callar para siempre. El asunto es demasiado importante como para que podamos andarnos con contemplaciones. O bien juras sobre tu cruz cristiana estar de nuestro lado, o tu cuerpo irá a parar al foso esta misma noche y nosotros cruzaremos a la orilla en la que están nuestros hermanos rebeldes. No hay medias tintas, ¿qué decides, vivir o morir? Solo podemos darte tres minutos para que tomes tu decisión. El tiempo pasa y debemos estar de acuerdo antes de que regrese la ronda.

»—¿Cómo puedo tomar una decisión si no me decís qué es lo que queréis de mí? —les dije—. Pero sí os digo que si implica poner en peligro la seguridad del fuerte, podéis hundir el cuchillo en mí cuanto antes, pues no colaboraré con vosotros.

»—No tiene nada que ver con la seguridad del fuerte —respondió—. Solo vamos a pedirte que hagas lo que tus compatriotas buscaban cuando vinieron a este país. Te pedimos que te hagas rico. Si te unes esta noche a nosotros, te juraremos sobre la hoja de este cuchillo, con el triple juramento que ningún *sikh* ha roto jamás, que tendrás tu justa parte de nuestro botín. Un cuarto del tesoro será tuyo. Pero no podemos decirte nada más.

»—¿Y dónde está ese tesoro? —pregunté—. Estoy tan dispuesto a hacerme rico como podéis estarlo vosotros si me decís qué hay que hacer.

»—Debes jurar entonces por los huesos de tu padre, la honra de tu madre y por la cruz de tu fe —dijo él—, que no levantarás tu mano ni conspirarás contra nosotros ni ahora ni nunca.

»—Lo juro —respondí—, siempre y cuando no signifique comprometer la seguridad del fuerte.

»—En ese caso mi camarada y yo te juramos que recibirás un cuarto del tesoro y que se repartirá equitativamente entre nosotros cuatro.

» —Solo somos tres —dije.

»— No. Dost Akbar debe recibir su parte. Te contaremos la historia mientras les esperamos. Ve a la puerta, Mahomet Singh, y avísanos cuando se aproximen. Las cosas han sucedido así, *sahib*, y te las cuento porque sé que para un *feringhee*[6] un juramento es algo serio y podemos confiar en ti. Si hubieses sido un hindú embustero, aunque hubieses jurado por todos tus dioses en sus falsos templos, tu sangre hubiese corrido por el cuchillo y tu cuerpo hubiese acabado en el agua. Pero los *sikhs* conocemos a los ingleses y los ingleses conocen a los *sikhs*. Escucha pues lo que tengo que decir.

»"En la provincia del norte vive un rajá muy rico a pesar de que su territorio es pequeño. Gran parte de

---

6. Extranjero. En la India se llamaba así sobre todo a los nacidos allí pero que tenían padres extranjeros. *(N. de la T.)*

sus riquezas las ha heredado de su padre y una parte mayor todavía las ha conseguido él mismo, pues es de baja naturaleza y prefiere acumular su dinero a gastarlo. Cuando comenzaron los problemas, él decidió que sería amigo del tigre y del león. Mantendría la amistad con los cipayos y con los ejércitos del gobernador. Sin embargo, muy pronto fue de la opinión de que los días del hombre blanco en esta tierra tocaban a su fin y que lo único que les esperaba era su derrota y su aniquilación. Como era un hombre muy previsor, decidió que, pasara lo que pasase, él conservaría al menos la mitad de su tesoro. Así pues guardó oro y plata en las cámaras de seguridad de su palacio y guardó las piedras preciosas y las perlas, todas ellas joyas de inestimable valor, en un cofre de hierro que confió al cuidado de un criado fiel, quien, disfrazado de comerciante, debía venir hasta Agra y permanecer aquí hasta que el país esté en paz. Así, en caso de que los rebeldes ganasen, él conservaría su dinero. Y si era el ejército del gobernador el que triunfaba, sus joyas estarían a salvo. Cuando hubo dividido su fortuna de esta manera, se pasó al bando de los cipayos, que eran el bando fuerte en su zona. Fíjate, *sahib*, en que al obrar así sus bienes quedan a disposición de los que han permanecido fieles a su honor.

»"Este falso comerciante, que viaja bajo el nombre de Achmet, está ahora mismo en la ciudad de Agra y está intentando llegar hasta aquí. Tiene como compañero de viaje a mi hermanastro Dost Akbar, el cual conoce su secreto. Dost Akbar le ha prometido traerle esta noche hasta una puerta lateral del fuerte. Y ha elegido esta. Aquí vendrá y aquí encontrará a Mahomet Singh y a mí mismo esperándole. Es un lugar solitario y nadie espera su llegada. El mundo no tendrá más noticias del mercader Achmet, pero dividiremos el gran tesoro del rajá entre nosotros. ¿Qué dices a ello, *sahib*?

»En Worcestershire la vida de un hombre es algo sagrado e intocable, pero cuando estás rodeado de sangre y fuego las cosas se ven de manera muy distinta. El que Achmet viviera o muriera no era algo que a mí me importase, pero la mención del tesoro me hizo decidirme. Pensé en todo lo que podría hacer en mi patria con él, y cómo se quedaría mi gente cuando viera regresar al que ellos tenían por bala perdida con los bolsillos llenos de monedas de oro. Así que me decidí. Abdullah Khan, pensando que yo seguía indeciso, insistió:

» —Piensa, *sahib*, que si el comandante o el gobernador apresan a este hombre, será fusilado o ahorcado y sus bienes confiscados por el Gobierno y no aprovecharán a nadie. Así que si acabamos con él, ¿por qué no habríamos de quedarnos también con todo lo demás? Las joyas estarán igual de bien servidas con nosotros que en los cofres del ejército. Habrá suficientes como para que los cuatro seamos ricos y poderosos. Nadie se enterará, puesto que aquí estamos aislados del resto de los hombres. ¿Qué podría ser mejor? Dime de nuevo, *sahib*, si estás con nosotros o si debemos considerarte nuestro enemigo.

» —Estoy con vosotros en cuerpo y alma —le dije.

» —Estupendo —dijo devolviéndome mi arma de fuego—. Puedes ver que confiamos en que, al igual que nosotros, cumplirás tu palabra. Solo nos falta que aparezcan el mercader y mi hermano.

» —¿Sabe tu hermano lo que vais a hacer? —pregunté.

» —El plan es suyo. Él lo ha pensado todo. Vayamos a la puerta y acompañemos a Mahomet Singh.

»Era el principio de la estación de las lluvias y seguía lloviendo con insistencia. Nubarrones de color marrón se desplazaban por el cielo y era difícil ver más allá de un tiro de piedra. Delante de nosotros teníamos un profundo foso, pero el agua se había secado en algunas zonas y no resultaba difícil cruzarlo. Me resultaba extraño estar allí, junto a dos punjabíes salvajes, esperando a un hombre que se aproximaba a su muerte.

»De repente vi el resplandor de un farol al otro lado del foso. Se desvaneció entre los montículos y reapareció avanzando hacia nosotros.

»—¡Ahí están! —exclamé.

»—Salúdalos como de costumbre —susurró Abdullah—. No levantes sus sospechas. Ordénanos que le acompañemos al interior y nos ocuparemos de todo mientras tú sigues de guardia aquí fuera. Prepárate para destapar el farol para que podamos asegurarnos de que se trata de nuestro hombre.

»Su farol había temblado mientras se aproximaban, deteniéndose y avanzando. Ahora podía ver a dos figuras oscuras justo al otro lado del foso. Les dejé bajar trastabillando a lo largo de la escarpada pendiente, chapotear en el agua y ascender hasta medio camino de nuestra ladera del foso antes de darles el alto.

»—¿Quién anda ahí? —dije con voz autoritaria.

»—Amigos —respondieron. Destapé mi farol y los iluminé. El primero de ellos era un *sikh* enorme y con una gran barba negra que le llegaba casi hasta la faja. Salvo en un circo jamás había visto a un hombre tan grande. El otro era un hombrecillo rechoncho que llevaba un turbante amarillo y, en la mano, un hatillo hecho con un chal. Parecía tiritar de miedo y sus manos temblaban como si tuviese paludismo. Movía la cabeza de derecha a izquierda y miraba a todos los lados con sus brillantes ojillos, que no dejaban de parpadear. Parecía un ratoncito aventurándose fuera de su agujero. Me heló la sangre pensar en matarle, pero el recuerdo del tesoro endureció mi corazón como si fuese pedernal. Al ver que yo era un blanco dio un gritito de alegría y vino corriendo hacia mí.

»—¡Protégeme, *sahib*! —suplicó—. ¡Protege al pobre mercader Achmet! He viajado cruzando todo el territorio de Rajpootana para poder refugiarme en el fuerte de Agra. Me han pegado y maltratado por permanecer fiel al gobernador. Esta es una noche afortunada, pues tanto yo como mis humildes posesiones estamos de nuevo a salvo.

»—¿Qué es lo que llevas en el hatillo? —pregunté.

»—Una caja de hierro —respondió—, que tan solo contiene uno o dos objetos familiares que carecen de valor para cualquiera, pero que a mí me dolería perder. Aun con todo no soy un simple pordiosero y sabré recompensarte, joven *sahib*. Y también a tu gobernador si me deja acogerme bajo su protección, como deseo.

»Me di cuenta de que no podía arriesgarme a seguir hablando con aquel hombre. Cuanto más miraba aquel gordezuelo rostro lleno de terror, más difícil me parecía asesinarle a sangre fría. Había que terminar con aquello cuanto antes.

»—Llevadle al cuerpo central de guardia —dije. Los dos *sikhs* le flanquearon y el gigante se situó tras él. Jamás ningún hombre estuvo tan rodeado por la muerte. Permanecí en la puerta con la luz.

»Escuché el caminar pausado de sus pies al atravesar los solitarios pasillos. De repente se detuvieron. Oí gritos y algo de lucha y golpes. Un instante después, para mi horror, oí unos rápidos pasos acercándose a mí y la respiración agitada de un hombre que corría. Iluminé con mi farol el largo y estrecho pasadizo y allí estaba el grueso hombrecillo, corriendo como el viento y con una mancha de sangre cubriéndole la cara. Pisándole los talones, corriendo como si fuese un tigre persiguiendo una presa, pude ver al enorme *sikh* de la barba negra. Un cuchillo brillaba en su mano. Nunca he visto a un hombre correr tan deprisa como al pequeño comerciante. Empezaba a sacarle mucha ventaja al *sikh* y me di cuenta de que una vez saliese al aire libre por donde yo estaba, estaría a salvo. Sentí compasión por él, pero al pensar en su tesoro me volví insensible y pétreo. Le hice la zancadilla con mi mosquete cuando pasó por mi lado. Rodó como un conejo. Antes de que pudiera ponerse en pie, el *sikh* le hundió dos veces su cuchillo en el costado. En ningún momento hizo ni el menor ruido ni movió un músculo, permaneció quieto en el lugar en el que había caído. Creo que debió romperse el cuello al caer. Ya ven, caballeros, que mantengo mi promesa de referirles las cosas tal como sucedieron, tanto si son en mi favor como si no.

Se detuvo y alargó sus manos maniatadas para coger el vaso de whisky con agua que Holmes le había servido. Confieso que ahora detestaba profundamente a este hombre, no solo por el horrible crimen a sangre fría que acababa de relatarnos, sino por la manera despreocupada y sin darle la menor importancia con la que lo narraba. Cualquiera que fuera el castigo que le esperase, yo desde luego no iba a sentir la menor compasión por él. Sherlock Holmes y Jones permanecían sentados con las manos reposando sobre sus rodillas, escuchando atentamente el relato con una expresión de desagrado en sus rostros. Tuvo que darse cuenta de ello, porque apareció un deje de desafío en su voz y en su actitud cuando continuó.

—Estuvo mal, no voy a discutirlo —dijo—. Pero me gustaría saber cuántos en mi pellejo habrían rechazado un pellizco del botín, sabiendo que a cambio de sus remilgos solo conseguirían que les rebanasen el cuello. Además, en cuanto entró en el fuerte era mi vida o la suya. Si se hubiese escapado, todo el asunto se habría hecho público, se me habría hecho un consejo de guerra y seguramente habría sido ejecutado. En aquellos momentos la gente no era muy indulgente.

—Prosiga —dijo Holmes con sequedad.

—Bien, le metimos dentro del fuerte entre Abdullah, Akbar y yo. Pesaba mucho para la poca estatura que tenía. Mahomet Singh se quedó de guardia a la puerta. Le llevamos a un lugar que los *sikhs* habían preparado con anterioridad. Estaba apartado y se llegaba a él tras un recodo en un pasadizo que desembocaba en una amplia sala vacía cuyas paredes de ladrillo se estaban desmoronando. El suelo se había hundido en un punto, con lo que teníamos una tumba natural para Achmet. Una vez le metimos dentro, cubrimos su cuerpo con ladrillos sueltos. Tan pronto como acabamos, volvimos a ocuparnos del tesoro.

»Se había quedado en el mismo sitio donde Achmet cayó por primera vez al ser atacado. La caja es el mismo cofre que tienen ustedes sobre la mesa. De esa asa labrada en su parte superior colgaba un cordón de seda del que pendía una llave. Lo abrimos y bajo la luz de nuestro farol brilló una colección de gemas como aquellas sobre las que había leído y con las que había soñado cuando era un niño en Pershore. Era cegador contemplarlas. Una vez saciamos nuestros ojos con ellas, confeccionamos una lista. Había ciento cuarenta y tres diamantes de la mejor calidad, entre los que hay que incluir uno al que creo que han dado el nombre de "Gran Mogol" y del que se dice que es el segundo más grande que ha existido jamás. Además había noventa y siete extraordinarias esmeraldas y ciento setenta rubíes, algunos de los cuales eran de pequeño tamaño. Había también cuarenta carbúnculos, doscientos diez zafiros, sesenta y una ágatas y una gran cantidad de berilios, ónix, ojos de tigre, turquesas y otras muchas piedras cuyos nombres yo no sabía entonces, aunque me he familiarizado con ellos desde entonces. Además, había también casi trescientas perlas magníficas, doce de las cuales formaban parte de una tiara de oro. Por cierto, esta última ha desaparecido y no he podido recuperarla.

»Una vez hicimos recuento de nuestros bienes, volvimos a ponerlos de vuelta dentro de su cofre y lo llevamos hasta la puerta para que Mahomet Singh pudiera verlo. Renovamos allí solemnemente nuestro juramento de permanecer unidos y no desvelar nuestro secreto a nadie. Acordamos esconder el botín en lugar seguro hasta que el país se calmase y dividirlo entonces en partes iguales entre nosotros. No tenía sentido repartirlo entonces, pues, si nos encontraban piezas de tal valor encima, despertaríamos sospechas y tampoco había en el fuerte un lugar que garantizase suficiente privacidad. Llevamos por tanto la caja a la misma sala donde habíamos enterrado el cadáver y allí, bajo unos ladrillos en una de las paredes en mejor estado, hicimos un agujero y escondimos nuestro tesoro. Nos fijamos cuidadosamente en el lugar y al día siguiente dibujé cuatro planos, uno para cada uno de nosotros, y puse el signo de los cuatro debajo, pues habíamos jurado actuar siempre conjuntamente y que ninguno intentaría nunca aprovecharse de los demás. Y puedo jurar solemnemente que jamás he faltado a mi promesa.

»No hace falta que les cuente, caballeros, cómo terminó el motín en la India. Una vez Wilson tomó Delhi y sir Colin liberó Lucknow, la retaguardia rebelde quedó desarbolada y comenzaron a llegar tropas de refresco. Nana Sahib huyó a través de las fronteras. Una veloz columna de soldados bajo el mando del coronel Greathed llegó a Agra y echó de allí a todos los rebeldes. Parecía que la paz llegaba al país y los cuatro comenzábamos a creer que por fin se acercaba el momento de marcharnos de allí cada uno con su parte del tesoro. Sin embargo, sin previo aviso, nuestras esperanzas se desvanecieron, pues fuimos arrestados acusados de haber asesinado a Achmet.

»Esto es lo que pasó. El rajá confió sus piedras preciosas a Achmet porque sabía que era un hombre fiel. Pero los hombres en Oriente son muy desconfiados, así que puso a un segundo hombre de aún más confianza a seguir al primero y espiarle. Este segundo hombre recibió la orden de no perder jamás de vista a Achmet y seguirle como si fuese su sombra. Estaba tras él aquella noche y le vio atravesar la puerta. Naturalmente, pensó que había pedido refugio en el fuerte y él mismo solicitó poder refugiarse también. Al día siguiente buscó a Achmet, pero no fue capaz de encontrar ni rastro de él. Le pareció algo tan raro que se lo contó al sargento de exploradores, quien se lo contó al comandante. Se realizó una búsqueda a fondo y apareció el cadáver. Así que en el mismo momento en el que pensábamos que por fin estábamos a salvo, fuimos detenidos y juzgados por asesinato. Tres de nosotros por estar de vigilancia en la puerta por la que entró y el cuarto por ser su acompañante. En el juicio no se dijo ni una palabra sobre las joyas, pues el rajá había sido depuesto y expulsado del país, con lo que no quedaba nadie que supiese de su existencia. El asesinato, en cambio, era algo probado y era obvio que nosotros cuatro habíamos estado implicados en él. Los tres *sikhs* fueron condenados a trabajos forzados de por vida y yo fui condenado a muerte, aunque más tarde me conmutaron la pena por la de trabajos forzados de por vida también.

»Nos encontrábamos en una situación singular. Estábamos atados de pies y manos con escasas posibilidades de escapar de nuestra situación y cada uno de nosotros conocía un secreto que, de haber podido disponer de él, nos hubiese permitido vivir en un palacio. Era como para volverse loco, estar allí aguantando los golpes de cualquier miserable uniformado, comer arroz y agua y saber que una magnífica fortuna estaba esperando que alguien dispusiera de ella. Podría haber enloquecido, pero siempre fui muy terco; así que me limité a esperar mi oportunidad.

»Y al final, esta pareció llegar. Me transfirieron de Agra a Madrás y de allí a la isla Blair, en las Andamán. Hay muy pocos prisioneros blancos allí y además mi conducta desde el primer momento había sido irreprochable, con lo que conseguí algunos privilegios. Me asignaron una choza en Hope Town, un pequeño asentamiento en la ladera del monte Harriet, y me dejaron bastante en paz. Es un sitio bastante deprimente, muy castigado por las fiebres y rodeado por pueblos de caníbales muy peligrosos, dispuestos a dispararnos dardos envenenados a la menor oportunidad. Teníamos que cavar zanjas, construir diques, cultivar ñames y muchas cosas más, así que estábamos bastante ocupados todo el día. Al caer la tarde disponíamos de algo de tiempo libre. Entre otras cosas, el médico me enseñó a preparar algunos medicamentos y aprendí algunas nociones de medicina. Me pasaba el tiempo buscando mi oportunidad de escapar, pero ese sitio está a cientos de millas de tierra firme y casi no hay viento para navegar. Era condenadamente difícil salir de allí.

»El médico, el doctor Somerton, era un tipo joven, extravertido y activo. Los demás oficiales jóvenes solían ir a sus habitaciones a jugar a las cartas por las tardes. La enfermería, que era donde yo preparaba los medicamentos, estaba al lado de la sala de estar del doctor, comunicada con ella por una pequeña ventana. A veces, cuando me sentía solo, apagaba la luz de la enfermería y permanecía allí, viendo cómo jugaban y escuchando sus conversaciones. Me gusta jugar a las cartas y ver jugar a otros era casi tan bueno. Los jugadores habituales eran el capitán Morstan, el mayor Sholto y el teniente Bromley Brown, todos ellos al mando de los soldados nativos; el doctor y dos o tres carceleros, buenos jugadores todos ellos y nada fulleros. Formaban un grupo muy agradable.

»Solo una cosa me llamó desde el primer momento la atención: los soldados solían perder prácticamente siempre y los civiles solían ganar. No estoy diciendo con esto que hubiera algo raro en el juego, pero así eran las cosas. La verdad es que los guardianes no habían hecho apenas nada distinto a jugar a las cartas desde que llegaron a las Andamán y conocían perfectamente cada uno de ellos el juego del otro, mientras que los demás jugadores solo jugaban por jugar y no se preocupaban en exceso de cómo tiraban las cartas. Cada noche que pasaba, los soldados abandonaban la mesa de juego siendo un poco más pobres y, cuanto más dinero perdían, más ganas de jugar tenían. El mayor Sholto era el que más pasión demostraba. Empezó saldando sus deudas a base de billetes y monedas de oro, pero al poco tiempo acabó dando pagarés por grandes sumas de dinero. De cuando en cuando ganaba durante un par de manos, como para darle confianza, y a continuación empezaba a perder más dinero que nunca. Pasaba el día andando por ahí, enfurecido. Y empezó a beber más de la cuenta.

»Una noche perdió más de lo habitual. Estaba sentado en mi choza cuando les oí a él y a Morstan, pues eran inseparables, pasar dando tumbos hacia sus habitaciones. El mayor se lamentaba de todo el dinero que había perdido.

»—Se acabó, Morstan —decía al pasar al lado de mi choza—. Tendré que presentar la dimisión, estoy completamente arruinado.

»—Tonterías, viejo amigo —dijo el otro, dándole una palmada en el hombro—. Yo tampoco he tenido suerte, pero... —Eso es todo lo que pude oír, pero me bastó para que se me ocurriese una idea.

»Unos días más tarde el mayor Sholto paseaba por la playa, y aproveché para hablar con él.

»—Necesito que me aconseje, mayor—le dije.

»—Tú dirás, Small —me contestó sacando el puro de su boca.

»—Quiero preguntarle —le dije— a quién cree usted que debería entregársele un tesoro escondido. Sé dónde se encuentra oculto uno por valor de medio millón de libras esterlinas, y ya que yo no puedo disponer de él, quizá lo mejor sería que lo entregase a las autoridades. Con ello tal vez conseguiría reducir mi pena.

»—¿Has dicho medio millón, Small? —dijo sin aliento. Me miraba fijamente, como para ver si mentía.

»—Sí, señor. Aproximadamente ese valor en piedras preciosas y perlas. Y lo más peculiar de todo es que su legítimo dueño es un proscrito que no puede reclamar ningún derecho sobre él. Así que pertenece a quien se haga con él.

»—Al Gobierno, Small —tartamudeó Sholto—, al Gobierno—. Pero lo dijo de manera entrecortada y me di cuenta de que acababa de hacerle picar el anzuelo.

»—Señor, ¿cree entonces que debería informar al gobernador general? —pregunté tranquilamente.

»—Bueno, no creo que debas apresurarte, o podrías arrepentirte. Cuéntame la historia, Small; dame todos los detalles.

»Le conté nuestra historia, introduciendo algún pequeño cambio para que no pudiera identificar los lugares en donde sucedían las cosas. Cuando terminé, permaneció quieto y pensativo. Le temblaban los labios y me di cuenta de que en su interior se libraba un feroz combate.

» Se trata de un asunto muy importante, Small —dijo finalmente—. No debes decirle nada a nadie. Volveremos a vernos muy pronto.

»Dos noches después, él y su amigo el capitán Morstan vinieron hasta mi choza con una linterna en lo más oscuro de la noche.

»—Quiero que el capitán Morstan escuche de tus labios lo mismo que me has contado a mí —me dijo.

»Repetí la misma historia que ya le había contado a él.

»—Parece verdad, ¿no es cierto? —dijo—. ¿Crees que deberíamos hacer algo?

»El capitán Morstan asintió.

»—Mira, Small —dijo el mayor—, mi amigo y yo hemos estado hablando de este asunto y hemos llegado a la conclusión de que este secreto tuyo no concierne al Gobierno en absoluto, después de todo. Es asunto tuyo y eres tú quien debe decidir lo que deseas hacer con él. La cuestión es, ¿qué precio le pones? Estamos dispuestos a ayudarte si llegamos a un acuerdo. —Intentó expresarse de manera fría e impersonal, pero estaba muy excitado y la codicia brillaba en sus ojos.

»—En fin, señores —respondí intentando sonar frío, pero lleno de la misma excitación que él—, dada mi posición solo puedo hacer una oferta. Necesito que ustedes nos ayuden a mí y a mis compañeros a ganar nuestra libertad. Les incluiremos en nuestra sociedad y les daremos un quinto del tesoro para que lo dividan entre ustedes dos.

»—Vaya, un quinto —dijo—. No es una oferta muy tentadora.

»—Significa cincuenta mil libras esterlinas para cada uno de ustedes —les dije.

»—Pero ¿cómo podemos conseguir que quedéis libres? Sabes de sobra que pides un imposible.

»—En absoluto —respondí—. Lo he planeado al detalle. El único inconveniente que impide nuestra fuga es la falta de una barca con las características adecuadas y provisiones para un viaje tan largo. Pero en Calcuta o Madrás hay innumerables yates o yolas que son perfectas para nuestro propósito. Traiga una hasta aquí. Nosotros nos encargaremos de subir a ella cuando sea de noche y, si nos desembarca en cualquier punto de la costa india, habrá cumplido con su parte del trato.

»—Si se tratase de ayudar a escapar a una persona sola —dijo.

»—Todos o ninguno —respondí—. Lo hemos jurado. Siempre actuaremos juntos.

»—¿Lo ves, Morstan? Small es de fiar: no quiere traicionar a sus compañeros. Podemos confiar en él.

»—Es un asunto complicado —respondió el capitán—, pero, como dices, el dinero evitará que seamos destituidos.

»—Bien, Small —dijo el mayor—, supongo que debemos intentarlo. Aunque antes debemos verificar tu historia. Dime dónde está escondido el cofre, pediré un permiso para ir al continente con el barco mensual y comprobaré lo que dices.

»—No tan rápido —le dije, demostrando cada vez más desinterés a medida que él se apasionaba—. Mis camaradas deben estar conformes con el plan. Ya les he dicho que actuamos como un solo hombre.

»—¡Tonterías! —gritó—. ¿Qué pintan tres moros en este asunto?

»—Moros o cristianos —le dije—, están conmigo en esto y somos todos o ninguno.

»La cosa terminó con un segundo encuentro en el que también estuvieron presentes Mahomet Singh, Abdullah Khan y Dost Akbar. Discutimos el asunto una vez más y por fin llegamos a un acuerdo. Daríamos a cada uno de los dos oficiales un plano de parte del fuerte de Agra, indicando dónde estaba escondido el tesoro. El mayor Sholto iría a la India a comprobar la veracidad del relato y, si encontraba la caja, debía dejarla allí, enviarnos un pequeño yate con provisiones para nuestro viaje a la isla Rutland, quedando de nuestra cuenta el conseguir abordarlo y, finalmente, regresar a su puesto. Entonces el capitán Morstan pediría un permiso y se reuniría con nosotros en Agra, donde por fin repartiríamos el tesoro y le daríamos a él la parte del mayor y la suya. Sellamos nuestro acuerdo con los juramentos más solemnes que la mente pueda concebir y los labios profesar. Permanecí despierto toda la noche, dibujando, y por la mañana tuve listos los dos planos, firmados con el signo de los cuatro, esto es, Abdullah, Akbar, Mahomet y yo.

»En fin, señores, no quiero aburrirles con mi largo relato y sé que mi amigo Jones arde en deseos de encerrarme en el trullo. Intentaré resumir lo que queda tanto como me sea posible. Sholto resultó ser un traidor que embarcó hacia la India y jamás regresó. Poco tiempo después el capitán Morstan me mostró su nombre entre los de los pasajeros de un barco correo. Su tío había fallecido dejándole en herencia una fortuna y había abandonado el ejército; sin embargo, pudo caer tan bajo como para tratar a cinco hombres como nos trató a nosotros. Morstan fue al poco tiempo a Agra y, como esperábamos, descubrió que el tesoro ya no estaba allí. El miserable lo robó sin tener en cuenta ni una de las condiciones bajo las cuales le vendimos nuestro secreto. A partir de ese momento viví solo para vengarme. Pensaba en ello durante el día y soñaba con ello por la noche. Pasó a ser una obsesión que me absorbía por completo. La ley o la horca empezaron a darme igual. Mi único pensamiento era conseguir escapar, encontrar a Sholto y acabar con él. El tesoro de Agra pasó a ser algo secundario comparado con matar a Sholto.

»Me he propuesto muchas cosas en mi vida y no

hay ni una sola que no haya conseguido llevar a cabo. Pero tuve que esperar muchos años antes de que llegase mi oportunidad. Ya le he contado que había aprendido algo de medicina. Un día que el doctor Somerton estaba indispuesto a causa de las fiebres, un equipo de prisioneros trajo a uno de los pequeños nativos de la isla a quien habían encontrado en el bosque. Estaba muy enfermo y se había retirado a un lugar tranquilo para morir. A pesar de que era peligroso como una serpiente, me ocupé de él y al cabo de un par de meses había conseguido curarle y ya era capaz de caminar de nuevo. Me cogió cariño y no quiso regresar al bosque, sino que prefirió quedarse rondando mi choza. Aprendí algo de la jerigonza que hablaba y eso le hizo tomarme aún más aprecio.

»Tonga —ese era su nombre— era un magnífico remero y tenía una estupenda y amplia canoa. Cuando me convencí de que sentía auténtica devoción por mí y de que haría cualquier cosa con tal de ayudarme, vi una posibilidad de escapar. Le conté mis planes. Una noche en concreto debía llevar su canoa a un muelle que nunca estaba vigilado y recogerme a mí allí. Le di instrucciones para que llevara varias calabazas con agua y muchos ñames, boniatos y cacahuetes.

»El pequeño Tonga era un amigo incondicional y fiel. Ningún hombre ha tenido un compañero más fiel que él. La noche acordada llevó su bote al muelle. Sin embargo, esa noche apareció por allí uno de los guardias, un desgraciado *pastún* que nunca había desperdiciado la oportunidad de insultarme o golpearme. Siempre juré vengarme de él, y por fin se presentaba mi oportunidad. Su propio destino le puso en aquel lugar aquella noche de forma que pudiéramos saldar deudas antes de que me marchase de aquella isla. Permanecía en la orilla de espaldas a mí y con la carabina al hombro. Busqué con la mirada una piedra con la que abrirle la cabeza, pero no vi ninguna por allí.

»En ese momento tuve una idea algo extraña y descubrí un arma. Me senté allí mismo en la oscuridad y desaté mi pierna de madera del muñón. Me bastaron tres largos saltos para estar junto a él. Se llevó la carabina al hombro, pero le golpeé con fuerza y le hundí la frente. Pueden ver la señal del golpe en mi pierna. Ambos caímos al suelo, pues perdí el equilibrio. Cuando me levanté, comprobé que no se movía. Llegué hasta el bote y en una hora ya estábamos en alta mar. Tonga había traído todas sus posesiones con él, sus armas y sus dioses. Entre otras cosas, llevaba una larga lanza de bambú y una especie de estera típica de las Andamán tejida con fibra de coco, y con todo ello hice algo parecido a una vela. Durante diez días navegamos confiando en la suerte y el undécimo nos recogió un carguero que iba de Singapur a Yeda y transportaba peregrinos malayos. Era una gente muy rara y Tonga y yo no tuvimos problemas para que nos aceptasen entre ellos. Tenían una gran virtud: no hacían preguntas.

»En fin, si tuviese que relatar todas las vicisitudes por las que pasamos el pequeño Tonga y yo no me estarían agradecidos, pues los tendría despiertos hasta el amanecer. Recorrimos el mundo dando tumbos de un lado a otro sin conseguir llegar a Londres. En todo ese tiempo, no olvidé mi propósito. Soñaba con Sholto por las noches. Le he debido matar cientos de veces durante mi descanso. Y por fin, hace tres o cuatro años, conseguimos llegar a Londres. No me costó trabajo averiguar dónde vivía Sholto y decidí averiguar si había dado buena cuenta del tesoro o todavía lo conservaba. Me hice amigo de alguien que podría ayudarme (no diré nombres, pues no deseo perjudicar a nadie) y pronto descubrí que las joyas seguían en su poder. Intenté llegar a él en varias ocasiones, pero era astuto y siempre le acompañaban para protegerle dos boxeadores, además de sus hijos y su *khitmutgar*.

»Un día recibí noticias de que se moría. Corrí hacia su jardín furioso ante la idea de que se escapase de mis garras de semejante manera. Al mirar por la ventana vi que se moría. Cada uno de sus hijos estaba a un lado de su lecho. Iba a entrar para acabar con él, sin pensar en la suerte que correría yo, cuando vi que su mandíbula caía y supe que acababa de morir. Esa misma noche entré en su habitación y revolví entre sus papeles con la esperanza de descubrir el paradero del tesoro. No encontré nada y me marché, amargado y furioso como ningún otro hombre lo estuvo jamás. Antes de marcharme decidí, por si alguna vez volvía a reunirme con mis compañeros *sikh*, que a ellos les gustaría saber que había dejado alguna señal de nuestro odio. Así que escribí en un papel el signo de los cuatro tal como aparecía en el plano, y prendí el papel a su pecho. Me pareció excesivo que se marchase a la tumba sin ni rastro siquiera de los hombres a los que había engañado y robado.

»Por aquella época nos ganábamos la vida exhibiendo al pobre Tonga por las ferias y sitios similares como "el caníbal negro". Comía algo de carne cruda y bailaba alguna de sus danzas tribales y con eso sacábamos un puñado de monedas al día. Seguía al tanto de lo que sucedía en Pondicherry Lodge y durante años no hubo novedades, excepto que andaban tras el tesoro. Por fin, sucedió lo que esperé durante tanto tiempo, encontraron el tesoro. Estaba en la parte alta de la casa, en el laboratorio químico del señor Bartholomew Sholto. Fui de inmediato a inspeccionar el lugar, pero me di cuenta de que mi pata de palo me impedía el acceso. Me dijeron que existía una trampilla en el techo y la hora a la que Sholto bajaba a cenar. Me pareció que con la ayuda de Tonga el asunto era sencillo. Le llevé allí y rodeé su cintura con una larga cuerda. Él era capaz de trepar como un gato y llegó rápidamente hasta el tejado, pero la mala suerte quiso que Bartholomew Sholto estuviera todavía en aquella habitación. Y eso le costó la vida. Tonga estaba seguro de que al matarle había hecho una gran acción, pues cuando terminé de trepar por la cuerda le vi pavonearse por la habitación como un pavo real. Se sorprendió muchísimo cuando le azoté con la cuerda y le insulté por ser un maldito diablo sediento de sangre. Cogí el cofre del tesoro y lo bajé, entonces descendí yo. Pero antes dejé el signo de los cuatro sobre la mesa, para dejar constancia de que las piedras preciosas habían llegado por fin a sus legítimos propietarios. Tonga subió la cuerda, cerró la ventana y salió de la misma forma que había entrado.

»No sé si me queda algo por contarles. Había oído a un barquero hablar de lo rápida que era la lancha de Smith, la Aurora, y pensé que podría resultarnos útil para huir. Hablé con Smith y le dije que le daría una gran cantidad de dinero por llevarnos sanos y salvos hasta nuestro barco. Se dio cuenta sin duda de que había algo que no le contaba, pero jamás supo nada. Esto es la pura verdad, y si se lo cuento todo, caballeros, no es para entretenerlos, pues ustedes no me han sido precisamente de mucha ayuda, sino porque estoy convencido que la mejor manera de defenderme es no ocultar nada, sino contar al mundo lo mal que el mayor Sholto se portó conmigo y lo poco que tuve que ver con la muerte de su hijo.

—Un relato muy interesante —dijo Sherlock Holmes—. Y con una conclusión acorde. No ha habido nada nuevo para mí en la última parte de su relato, excepto el hecho de que llevó con usted su propia cuerda. Eso no lo sabía. Por cierto, pensaba que Tonga había perdido todos sus dardos y, sin embargo, nos disparó uno desde la lancha.

—Los perdió todos, señor, con excepción del que quedaba en la cerbatana.

—Claro, naturalmente —dijo Holmes—. No se me ocurrió.

—¿Desea hacerme alguna otra pregunta? —dijo amablemente el prisionero.

—No, muchísimas gracias —respondió Holmes.

—Bien, Holmes —dijo Athelney Jones—, hay que seguirle a usted su voluntad y es usted un experto en criminología, pero el deber es el deber y me he pasado ya de la raya satisfaciendo sus caprichos. Me sentiré mucho más tranquilo en cuanto tenga a este cuentacuentos encerrado. Tengo un coche y dos policías esperándome abajo. Estoy en deuda con usted por su ayuda. Se le llamará al estrado durante el juicio, naturalmente. Buenas noches.

—Buenas noches, caballeros —dijo Jonathan Small.

—Usted primero, Small —dijo Jones cuando salían por la puerta—. No quiero que me dé con su pierna de palo o lo que quiera que le hiciera al caballero de las Andamán.

—Y aquí termina la historia —dije después de que permaneciéramos un rato fumando en silencio—. Creo que será la última vez que tendré la oportunidad de ver su método de trabajo. La señorita Morstan me ha hecho el honor de aceptarme como esposo.

Lanzó un triste gruñido.

—Me lo temía —dijo—. Francamente, no puedo darle la enhorabuena.

Me sentí algo herido.

—¿Tiene algún motivo para no aprobar mi elección? —pregunté.

—Ninguno en absoluto. Creo que es una de las damas más encantadoras que he tenido nunca el placer de conocer y que su manera de actuar ha resultado de lo más conveniente para la satisfactoria resolución del caso. Ha sido muy hábil. Recuerde cómo apartó el plano de Agra de los demás papeles de su padre y lo guardó. Pero el amor es algo emocional. Y todo lo que sea emocional se opone a la razón pura, que para mí es lo más importante del mundo. Jamás me casaré, a no ser, claro, que pierda el juicio.

—Creo —dije riéndome— que mi juicio podrá sobrevivir a la experiencia. Parece usted cansado.

—Sí, sufro las consecuencias. Estaré hecho un trapo durante unas semanas.

—Es raro —dije— que los episodios de lo que en cualquier otro hombre recibiría el nombre de pereza, se alternen en su caso con episodios de extraordinaria energía y vigor.

—Sí —respondió—, llevo en mí a un auténtico holgazán y a un trabajador incansable. A veces pienso en esas frases de Goethe: *Schade dass die Natur nur einen Mensch aus dir schuf, Denn zum würdigen Mann war und zum Schelmen der Stoff.*[7] Por cierto, a propósito del asunto este de Norwood, como ya le dije, tenían un cómplice en la casa: Lal Rao, el mayordomo. Así que a Jones le cabe el indiscutible honor de haber cazado a uno de los culpables en su redada.

—Me parece que el reparto no es justo —comenté—. Usted ha hecho todo el trabajo en este asunto. Yo consigo una esposa, Jones, todo el mérito, y ¿qué queda para usted?

—A mí —dijo Holmes— siempre me quedará el frasco de cocaína —y alargó su larga y blanca mano para cogerlo.

---

7. «Qué lástima que la Naturaleza no haya creado de ti más que un solo hombre, tú que tenías madera de noble y de canalla.» Del poemario *Xenien*, escrito junto a Schiller. *(N. de la T.)*

Índice

Los tres primeros títulos de la
Biblioteca Sherlock Holmes en Booket:

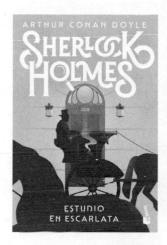

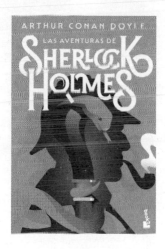